KB003088

편집자가 알려주는

중학생의 글쓰기

편집자가 알려주는
중학생의 글쓰기

초판 1쇄 발행 │ 2022년 2월 25일
2쇄 인쇄 │ 2022년 8월 22일

지은이 │ 나른히
발행인 │ 최현숙
펴낸곳 │ 도서출판 덤보

출판등록 │ 2020. 03. 04 제2020-000006호
주소 │ 서울특별시 강북구 도봉로95길 33, 1층(수유동)
전화 │ 02-6013-3919
팩스 │ 02-6499-8919
이메일 │ rashomon2580@naver.com
인스타그램 │ @dumbo_books

ⓒ 나른히, 2022, Printed in Seoul, Korea

ISBN 979-11-976741-1-2 43810

편집자가 알려주는

중학생의 글쓰기

◆ 생각을, 꿈을 문장으로 가다듬는 청소년 글쓰기의 힘 ◆

나른히 지음

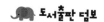 도서출판 덤보

·차례·

글로 내 마음을
풀어낼 수 있다면

　장래 희망이 '작가'인 친구들이 많습니다. 그리고 많은 사람이 작가로서의 재능이 필요한지 궁금해합니다. 모든 창조적인 일이 그러하듯, 글쓰기 또한 어느 정도의 재능이 필요한 일이지요. 하지만 재능이 모든 것을 결정짓지는 않아요. 위대한 작가도 재능만 믿고 글을 쓰지는 않았답니다. 자신만의 목표를 세우고, 잠시 멈출지라도 포기하지 않고 꾸준히 노력한 끝에 명작을 완성했지요.

"좋은 날도 나쁜 날도 있지만, 계속 글을 쓴다."

버지니아 울프[1]는 아침 10시부터 밤 10시까지 매일 글을 썼다고 해요. 그가 일기에 남긴 말은 꾸준한 글쓰기가 무엇인지 보여줍니다. 포기하지 않고 써 내려가는 끈기와 더불어, 글쓰기에 대한 무한한 열정도 필요합니다. 마거릿 미첼[2]은 밤마다 글을 쓰고, 다음 날 아침 써놓은 글을 다듬으며 무려 1,037쪽에 달하는 《바람과 함께 사라지다》를 스무 번 넘게 고쳐 썼다고 합니다.

우리가 일상에서 쓰는 글에는
재능보다 끈기가 더 알맞을 때가 많습니다.

일기는 재능으로 써지지 않지요. 누군가 잠들기 전까지 스마트폰을 붙잡을 때, 졸린 눈을 비비며 오늘을 되돌아보는 사람만이 일기를 이어갈 수 있을 겁니다.

제가 만났던 작가들도 대부분 이러한 경우였습니다. 작가들을 곁에서 지켜보며 이런 생각을 했답니다. 끈기의 결과물이 재능이지 않을까!

　좋은 작가는 곧 부지런한 작가일 수 있습니다. 많은 작가가 꾸준히 책을 읽으며 자료를 모으고, 마감 직전까지 문장을 고치는 일을 반복합니다. 시든 소설이든 영화 시나리오든 간에, 여러분이 읽는 것은 그러한 노력의 결과물입니다.

　저는 출판사에서 일하는 편집자입니다. 편집자는 작가가 쓴 원고를 기획하고 교정하고 편집하여 책으로 만드는 과정을 담당합니다. 마치, 방송국의 프로듀서와 같은 존재랄까요? 한편으로는 작가의 곁에서 글이 완성되는 과정을 지켜보는 관찰자이기도 합니다. 관찰자라고 하니 글쓰기에 대해 어떤 조언을 해줄까 걱정이 들 수도 있지만, 그럴 때가 있지 않나요? 드라마나 영화에서 주인공이 아니라 주변인이 미궁에 빠진 사건을 풀어줄 엄청난 증거를 가져올 때 말이에요!

편집자이기 이전에 저 또한 작가 지망생으로서, 여러 공모전에 수없이 떨어진 경험이 있습니다. 제가 준비했던 분야는 시나리오였습니다. 퇴근하고 집에 오면 컴퓨터를 켜고 낮에는 존재하지 않았던 세계를 만들어냈습니다. 꽤 재미있었지만 그만큼 힘든 일이기도 했지요. 하루에 몇 시간을 가만히 앉아 있는 것도 힘들었지만, 가장 힘든 건 내가 글을 잘 쓰고 있는지 파악할 수 없다는 점이었습니다. 공모전에 합격한 사람에게는 이런저런 이유를 붙여주지만, 떨어진 사람에게는 한 통의 연락도 오지 않으니까요. 그렇게 나를 돌아보지도 못한 채 속절없이 시간만 흘려보냈습니다.

그러다가 출판사로 자리를 옮겨 다른 사람의 글을 매만지는 일을 하게 되면서 많은 것을 깨달았습니다.

제가 직접 글을 쓰는 처지에서 남이 쓴 글을 살펴보는 처지가 되니, 그동안 보지 못한 것들이 보이기 시작했죠. 즉, 나의 글에 어떠한 부분이 부족했는지를 역할이 바뀌고 나서야 어렴풋이 깨달았습니다.

　개인적으로, 꾸준히 노력한다면 누구나 좋은 글을 쓸 수 있다고 생각합니다. 다만 꾸준하다는 것에는 어느 정도 시간이 걸릴 수밖에 없다는 전제가 깔려 있는데, 몇몇 작가 지망생이나 초보 작가가 이러한 점을 간과합니다. 하지만 이것을 신출내기의 탓으로만 돌릴 수 없습니다. 한 예로 웹소설 연재 작가 중 몇몇은 때에 따라 회당 5천 자에 이르는 글을 거의 매일 올려야 한다고 알려져 있습니다. 이 경우에는 시간을 들여 완성도를 높이는 것보다 빠르게 독자에게 선보이는 것이 훨씬 중요하지요. 하지만 글쓰기 실력이 마련되지 않은 상태에서 급하게 글을 쓰다 보면 앞으로 나아가지 못한 채 정체될 수 있습니다. 제가 만나본 초보 작가 중에 이러한 경우가 많았는데, 아쉬웠던 점은 충분한 가능성이 있음에도 성급하게 목표를 정하고 서둘러 달려가다 주변을 살피지 못하는 것이었습니다. 제가 이 책을 쓰기로 마음먹은 이유이기도 합니다.

글쓰기에 관한 조언은 많지만,
그 조언이 무색할 만큼
글쓰기에는 정답이 없을 때가 많습니다.

어느 작가는 매일 꾸준히 쓰라고 말하지만, 또 다른 작가는 잠시 쉬었다 가도 괜찮다고 토닥입니다. 사람마다 관심사와 생활 습관이 다르기에 어떤 것이 정답이라고 할 수 없지요. 이 책 또한 정답이라고 할 수는 없습니다. 다만, 일상에 지장을 줄 만큼 글쓰기에 시간을 많이 쏟거나 글쓰기 자체에 엄청난 스트레스를 받을 필요는 없다고 생각해요. 버지니아 울프는 분명 대단한 작가이지만, 우리는 그처럼 온종일 글을 쓰는 커녕 매일 한두 문장을 쓰기도 벅찰 때가 많습니다. 또 힘든 일과를 마치고 나면 글쓰기는 내려놓고 싶을 때가 있지요.

　이 책에서 이야기하고 싶은 바는 이러합니다. 일상을 잘 보내면서도, 천천히 나아가며 글을 써보는 방법에 대해서입니다. 편집자의 눈으로 바라본 글쓰기의 세상을 독자 여러분과 나누고 싶습니다. 부족한 실력이지만 편집자로서 또한 어느 작가의 첫 번째 독자로서, 서두르거나 포기하거나 지치지 않는다면 충분히 잘 쓸 수 있다는 점을 이 책을 통해 전하고자 합니다. 내가 잘 가고 있는 것인지 막막한 분들께 이 책이 영화 속 해결사처럼 도움이 되기를 바랍니다.

—새로운 봄을 앞두고

나른히 드림

써야만 하는,
쓰고 싶은 사람들을 위한
글쓰기 방법

○

글을 '잘' 쓰고 있나요?

"왜 글을 쓸까?" 이 질문이 무색할 만큼 많은 사람이 여러 목적으로 글을 쓰고 있습니다. 과제를 위한 글쓰기부터, 하루를 돌아보기 위한 글쓰기, 재미를 전달하기 위한 글쓰기까지. 글쓰기는 우리 생활에 깊게 자리하고 있습니다. 최근에는 웹소설에 대한 대중의 관심이 높아지면서, 더욱 많은 사람이 글쓰기에 도전하고 있지요. 이 책을 읽는 독자분 중에는, 이러한 이유로 글을 쓰기로 마음먹은 사람도 적지 않을 겁니다.

그런데 어느 순간부터 창작이 어렵게만 느껴지고,

결국 글쓰기에 흥미를 잃은 적이 있지 않나요? 갑자기 글쓰기가 막막해지는 순간 말입니다. 어떻게 첫 문장을 시작하고 이야기를 전개하며 마무리 지어야 할지 고민하다 보면 차라리 하던 걸 멈추고 늘어지게 쉬고 싶어지죠. 머릿속에 떠도는 생각을 붙잡아 글로 풀어내는 일은 전혀 쉽지 않습니다. 우리는 처음에 이미지 형태로 어떤 아이디어를 떠올리지만 결과물은 텍스트, 즉 글로 나와야 하기 때문입니다. 어려운 게 당연합니다. 여기서 질문 하나 던져볼게요. "글을 잘 쓰고 있나요?"

'잘'의 기준은 매우 모호합니다.

여러분이 어떠한 기준을 세우고 글을 대하더라도 별문제는 없지만, '누구든 읽어보고 재미있다고 엄지를 치켜세워 주는 것'이 글을 잘 쓰는 것의 기준이라면 대단히 위험합니다. 이 기준은 완성되어 세상에 나온 창작물과 자신의 글을 비교하는 경우일 때가 많은데, 아직 완성되지 않은 글을 시간과 노력을 엄청나게 들인 결과물과 견주는 자세는 바람직하지 않습니다. "나는 왜 저렇게 쓰지 못하지?" 죄 없는 미완성의 글을 두고 자책하게 되는 경우가 부지기수이기 때문입니다. 모니터 속 글은 가만히 여러분을 기다리고 있을 뿐인데, 느닷없이 삭제를 당하거나 강제로 기나긴 휴식 시간을 갖고 맙니다.

그렇다면 '잘'의 기준을 바꿔야겠죠?

'완벽한 글' '인기 있는 글' '남들이 재미있어하는 글' 여러분이 순간 떠올릴 만한 이러한 기준은 잠시 내려놓아도 좋습니다. 이 세 가지는 모두 글이 완성된다는 가정하에, 독자의 반응을 염두에 둔 기준이지요. 완성에 초점을 두면 초조해지기 쉽습니다. 자기도 모르는 새에 분량 채우기에 급급해지거든요.

저와 함께한 작가 중 몇몇이 그러했습니다. 완성이 목적이니 무조건 빨리빨리를 외치며, 아무리 초고라 해도 완성도가 전혀 보이지 않는 글을 툭 하고 던져줬지요. 분량을 채웠으니 할 일을 끝낸 셈이고 이제 책이 뚝딱 나오리라 여긴 것입니다. 결국에는 상냥하지 않은 편집자와 괜한 실랑이를 하게 되었고, 글을 다시 다듬느라 예정된 일정보다 훨씬 늦게 책이 나왔습니다. 초고를 다시 다듬으며 작가가 곤혹스러워할 때도 있었습니다. 분량만 겨우 채웠기에 자신이 방향도 제대로 잡지 못한 채 글을 썼다는 사실을 그제야 깨닫거든요. 초보 작가가 흔히 하는 실수입니다.

또 다른 예를 들자면, 완벽한 글은 작가가 충분한 시간을 두고 다시 읽어보았을 때 꽤 잘 썼다 싶은 글을 말합니다. 하지만 작가가 아무리 잘 썼다고 자찬해도 완벽하다는 평가는 결국 독자의 인정이 밑바탕에 깔려 있어야 합니다. 완벽하다고 평가받고 싶다면 어떻게든 글이 세상에 나와야 하는 셈이죠. 얼른 평가를 받고 싶은 마음에 서둘러 글을 올렸더니, 사람들은 그 사이에 분량만 채운 글을 읽고 악평을 남기거나 말없이 뒤로 가기를 누릅니다. 글쓴이가 미처 다시 읽어보고 고칠 생각을 하지 못하는 사이에 말이죠. 물론 첫술에 배부를 수는 없겠지만, 이러한 경우로 좋지 않은 평가를 받는다면 무척 속상하겠죠.

"글을 잘 쓰고 있나요?"

여러분이 마주한 질문에 먼저 답해야 할 것은 '쓰고 있는지'입니다. 즉, 결과가 아니라 과정을 먼저 살펴봐야 합니다. 스스로 만족할 만큼 글을 쓰고 있다면 상관없겠지만, 책을 깨나 내본 작가조차 집필 과정에서 헤맬 때가 많습니다. 더구나 이제 막 글을 쓰기 시작한 사람이라면 더욱 헤맬 수밖에 없겠지요. 어느 독자를 대상으로 언제까지 어떻게 글을 쓸지는 초보 작가에게 중요하지 않습니다. 몇몇 전문 작가는 '잘나가는' 글을 쓰라고 조언할 수도 있겠지만, 저는 엉뚱한 주변인답게 우선 쓰면 된다고 말해주고 싶습니다. "난 재능이 없어" "머릿속에 도통 좋은 생각이 떠오르지 않아" 하고 자책하지 않고, 반년 또는 일 년 뒤에도 꾸준히 쓰고 있으면 됩니다. 그러면 어느새 그토록 원하던 좋은 글을 쓸 수 있을 겁니다. 다시 말해, 글 쓰는 습관부터 들이는 것이죠.

글쓰기가 대단히 힘든 일인 데에는 또 다른 이유가 있습니다. 보통 홀로 이루어지는 작업인 만큼, 어느 날 나 혼자 힘들다고 놓아버리면 그대로 끝나고 맙니다. 그것도 소란 없이 조용하게 말이죠. 언제 끝날지도, 어쩌면 끝이 없을지도 모르는 일을 붙잡는다는 것은 끈기만으로 버티기엔 힘겹습니다. 자신을 다독이며 글쓰기를 지속한다 해도, 괜히 누군가가 심술부리며 그걸 왜 쓰냐고 물으면 몸에 남아 있던 힘이 다 빠져나간 것 같죠. 남들이 보기에는 글을 쓴다는 게 토익이나 자격증 공부만큼 생산적이지 않아 보일 수 있습니다. 그런 말에도 아랑곳하지 않고 키보드에 올린 두 손을 내려놓지 않는 것. 이것만 해내도 매우 훌륭합니다. 잘나가는 글은 그다음에 생각하면 됩니다.

　표준국어대사전에 따르면, 부사 '잘'에는 여러 가지 뜻이 있습니다. 그중 여섯 번째 뜻이 '아무 탈 없이 편하고 순조롭게'입니다. 아무 탈 없이 편하고 순조롭게 글을 쓰고 있나요? 훗날 이 질문에 미소 지으며 "예"라고 답할 수 있기를 바랍니다. 그것이 글 쓰는 습관, 잘 쓰는 글의 밑바탕입니다.

○ 글쓰기 습관을 위한 마음 다잡기 TIP

평가에 초점을 맞추다 보면 조급해지기 마련입니다. 글을 쓸 때 평가는 잠시 잊고 글쓰기 과정에 집중해 보세요. 결과보다는 글을 쓰는 과정에서 얻은 교훈들이 앞으로의 글쓰기에 큰 자산이 될 거예요.

글쓰기의 시작은 '나'

나는 무엇을 좋아할까? 어떤 책을 즐겨 읽으며, 어떤 영화에 눈길이 갈까? 글쓰기를 위해 일기를 들춰볼 필요는 없습니다. 나의 관심사나 최애, 아니면 내가 좋아하는 음식도 좋은 글감이 될 수 있습니다. 중요한 것은 '나'로부터 글이 시작된다는 사실이지요. 나무의 줄기에서 나뭇가지가 뻗어 나가듯, 나의 경험이나 관심사로부터 내가 무엇을 쓰고 싶은지가 결정됩니다. 많은 사람이 이러한 무의식적 과정을 통해 자신만의 주제를 개척합니다. SF소설로 치면, 외계인에 관심이 있다면 글에 당연히 외계인이 등장할 테고, 우주 비행을 좋아한다면 멋진 우주선이 소설을 장식할 것입니다. 아무튼 많은 사람이 '나'를 발판으로 자신이 쓰려는 것에 대한 자료를 수집하기 시작합니다.

글쓰기에서도 충분한 재료가 필요합니다.

자료조사는 특히 초보 작가에게 중요합니다. 요리를 할 때 충분한 재료가 필요하듯, 글쓰기에서도 마찬가지이거든요. 그렇다고 무조건 자료를 많이 모아둔다고 능사는 아닙니다. 요리할 때도 필요한 재료 몇 가지만 있으면 되잖아요? 그런 식입니다. 아직 의자에 엉덩이를 딱 붙이고 앉아서 무언가를 써본 적이 없다면 자료 수집은 오히려 글쓰기의 우선순위를 정하는 데 방해가 될 뿐입니다. 무턱대고 아무 재료만 장바구니에 넣다 보면 정작 자신이 무엇을 요리하려 했는지 알 수 없습니다.

무엇을 모아야 할지 알지 못한 채로 자료 수집에 열중하다 보면, 글쓰기를 본격적으로 시작할 즈음에는 금세 지쳐 한 문장도 제대로 쓰지 못할 수 있어요. 따라서 가장 먼저 나 자신이 무엇을 좋아하는지 알아야 하는데, 이는 글쓰기를 통해 금방 해결할 수 있습니다. 즉 한두 줄이라도 내가 평소 무슨 생각을 하고 무엇에 관심을 두는지 적어보는 것입니다. '나에 대한 글쓰기'는 글쓰기 습관도 들이고 나 자신도 돌아볼 수 있는 일석이조의 방법이에요.

어쩌면 어느 독자는 "누구는 이런 고민 없이도 척척 잘만 써내는데요?"라고 물을 수도 있을 겁니다. 하지만 사람마다 각자의 속도가 있기 마련이고, 그 속도가 느리다고 해서 나쁘다고 말할 수는 없어요. 어쨌든 스스로 만족할 만한 작품을 완성한다면 되는 일이니까요. '나에 대한 글쓰기'가 느리고 고되고 쓸모없는 일로 생각되더라도 이 과정이 앞으로의 글쓰기에 충분한 도

움이 될 것은 분명합니다. 어쨌든 나의 글을 쓰는 사람
은 다른 사람도 아닌 '나 자신'이니까요. 자, 그럼 본격
적인 이야기로 들어가 볼까요?

자료 수집도 분명한 목적이 있어야 원활하게 이루어
집니다. 그렇지만 자신이 무엇을 쓰고 싶은지 또 어떻게
글을 써야 할지 감이 잡히지 않았다면, 앞서 이야기한
대로 '나에 대한 글쓰기'를 권합니다. '나'를 소재로 한
글은 자료조사가 딱히 필요 없을 만큼 쓸거리가 넘쳐나
지요. 나 자신을 돌아보는 이야기도 좋고, 내 주변에서
일어나는 이야기도 좋습니다. 책, 영화, 드라마, 예능 프
로그램 등 평소에 관심을 두는 그 어떤 것도 괜찮아요.
이러한 방법으로 이른 시일 안에 가장 손쉬운 방법으로
글쓰기 습관을 들일 수 있습니다.

사람마다 관심사는 무척 다양한 편입니다. 뉴스에
서 마주한 사회문제가 관심사가 될 수도 있고, 자신이

즐겨 하는 게임이 관심사가 될 수도 있습니다. "에이, 이게 관심사라고 할 수 있겠어?"라고 여길 만한 사소한 것도 관심사 리스트에 꼭 올려두세요. 무엇을 써야 할지 막막할 때는 그 사소한 것들로 시작하는 게 답일 수도 있거든요. 글을 쓰다 보면 더는 이어가지 못하고 머뭇거릴 때가 있는데,

나에 대한 이야기는 망설이는 시간을
줄여줄 수 있습니다.

어쨌든 글쓰기를 지속하고 있는 셈이니 고민하다 보면 답을 얻을 수 있거든요. 결국 해답은 글쓴이 스스로 쥐고 있으니까요. 또한 충분히 설명이나 이유를 덧붙일 수 있기에 그럴듯하게 쓰는 것도 가능합니다. 예를 들어 '내가 왜 양파를 싫어하게 되었는가?'에 대해 글을 쓰게 되었다면, '특유의 냄새를 견디기 힘들어서' '어릴 적에 편식하지 말라는 부모님 등쌀에 억지로 먹

다 보니' 등 여러 이유를 댈 수 있겠죠. 마음만 먹으면 충분히 잘 쓸 수 있습니다.

　자, 나에 관한 글을 쓰기로 했다고 해볼까요? 그런데 좋아하는 게 딱히 없거나 남들이 다 좋아하는 것으로 글을 쓰고 싶지 않거나, 또는 좋아하긴 하지만 그에 대해 깊이 파보지 않았다면 어떻게 해야 할까요? 그럴 때는 글쓰기를 잠시 멈추더라도, 시간을 내서 내가 무엇을 좋아하는지 한번 찾아보기를 권합니다. 독서도 좋고 영화 감상도 좋고 '덕질'도 좋아요. 다만 이러한 과정을 틈틈이 '문장 형식'으로 메모해두세요. 이러한 짧은 글들을 모으면 이를 소재로 또 다른 이야기를 만들어낼 수 있습니다. 멀리 돌아가는 줄 알았더니 오히려 쌓아 올린 이야깃거리로 힘들이지 않고 다시 글쓰기를 시작하는 셈이죠.

　아직 글쓰기 습관이 제대로 들지 않은 상태에서, 막

연하게 새로운 세계를 만드는 데 도전장을 내미는 것을 추천하지 않습니다. 커다란 자신감을 품은 채 시작하더라도, 새로운 세계 창조에는 생각보다 많은 노력이 필요합니다. 세계관을 구축하는 것은 물론이고 등장인물의 관계를 어떻게 구성해야 할지, 또 어떻게 하면 독자가 이 낯선 세계를 받아들일 수 있을지 등 글 쓰는 동안 자신에게 마구 질문을 던져야 합니다. 우리 주변과 거리가 먼 이야기일수록 초보 작가가 풀어야 할 숙제는 산더미입니다. 주변의 것들은 우리가 살아가면서 자연스럽게 한 번쯤 고민해 보지만, 낯선 것들은 따로 생각해 본 적이 드물기 때문이에요.

많은 작가 지망생이 스스로에게 먼저 물어야 할 질문 하나를 놓치고 글쓰기를 시작합니다. 바로, "과연 내가 이러한 글을 쓰고 싶어 할까?" "나는 어떤 글을 잘 쓸 수 있을까?" 같은 질문 말입니다. 어쩌면 다른 사람의 글을 읽고 호기심에 사로잡혀 맞지 않는 옷을 입

1장 · 써야만 하는, 쓰고 싶은 사람들을 위한 글쓰기 방법

고 있는 것일 수도 있습니다. 의외로 중간에 새로운 길을 찾아 방향을 트는 사람들이 적지 않아요. 하지만 한 문장도 쓰기 버거운 초보 작가가 자신의 길을 확인하기란 꽤 벅찬 일입니다. 그러므로 이럴 때는 나에 관해 이야기해보는 게 해답이 될 수 있어요.

'내가 아는 것에 대한 글쓰기'는
초보 작가에게 자신감을 북돋아줍니다.

얼른 잘 쓰고픈 마음을 조금쯤 가라앉히고, 짧은 글부터 차근차근, 오늘부터 글을 써보면 어떨까요? 시, 소설 등 쓰고 싶은 장르가 따로 있고 괜한 시간 낭비일 것 같아 망설일 수도 있을 거예요. 하지만 개인적인 글에는 따로 시간이 주어지지 않고, 또 서둘러 쓴다고 해서 잘 써진다는 법도 없습니다. 그저 글쓴이가 마음이 조급해져 시간을 당기고, 그 정한 시간에 글을 맞출 뿐이죠. 오히려 참을성이 글을 잘 쓰게 만드는 비결입니다. 서두를 필요 없이, 천천히 나아가도 괜찮습니다.

○ 글쓰기 습관을 위한 마음 다잡기 TIP

내가 쓰는 모든 글은 나 자신으로부터 시작합니다. 무엇을 써야 할지 갈피를 잡지 못했다면, 먼저 '나에 대한 글쓰기'를 시작해 보면 좋습니다. 무작정 자료를 모으는 것보다 무엇을 쓰고 싶은지 방향을 정하는 것이 지름길일 수 있답니다.

○

팽팽하거나 느슨하거나,
많거나 적거나

하루에 얼마큼 글을 쓰는 게 좋을까요? 또 하루 중 언제 글이 잘 써질까요? 글을 쓴다는 사람이라면 한 번 쯤 고민해 봤을 문제일 테지만, 이 문제에 대해서는 정 의를 내리기 어렵습니다. 시대를 통틀어 하루에 써야 할 분량을 정해놓은 작가도 있고 그때그때 떠오르는 영감을 재빠르게 포착해 써 내려간 작가도 있습니다. 앞에서 이야기한 버지니아 울프는 온종일 글에 매달렸 지만, 《이방인》의 작가 프란츠 카프카[3]는 낮에는 직장 을 다니며 밤에 글을 썼습니다. 어느 쪽이 좋다고 단언

할 수는 없습니다.

많은 작가가 규칙적인 글쓰기를 권장합니다.

저 또한 마찬가지입니다. 짧은 글, 어쩌면 아이디어를 단순히 종이 위에 흩트려놓는 것이라 할지라도 매일 쓰는 것은 분명 중요합니다. 기분이 좋든 나쁘든, 시간적 여유가 있든 없든 계속해서 써보는 과정은 글쓰기 습관을 들이는 데 많은 도움이 됩니다. 특히 과제나 공부를 위한 글쓰기라면 이러한 과정이 더욱 필요하겠지요.

하지만 머릿속에 맴도는 생각을 터놓거나 상상의 나래를 펼치는 등 개인적인 글쓰기라면 그리 빡빡하게 굴 필요는 없다고 생각합니다. 도저히 머릿속에서 다음 문장이 튀어나오지 않는데, 억지로 쓰다 보면 금세 지치기 마련입니다. 쉬엄쉬엄 글을 쓰다 보면 글쓰기 실력 또한 천천히 늘 테지만, 그것이 나의 스케줄과 컨디션에 맞는 것 같다고 여겨지면 그 방향으로 쭉 밀고 나가기를 바랍니다. 다만 조금씩 '쉬는 시간'을 줄여주세요. 즉, 일주일에 한 번씩 쓰다가 삼사일에 한 번씩 쓰는 방식처럼 조금씩 일정을 당기면 좋습니다.

어떠한 방식이든 간에 한번 글을 쓰기로 마음먹었다면 글쓰기에 관한 관심을 놓지 말아야 합니다. 일주일이든 한 달이든 최소 몇 번은 뭔가를 쓰려고 해야 합니다. 쓰려는 의지만 품은 채 정작 아무것도 쓰지 않는 것은 글쓰기에 관한 관심으로 보기 어렵습니다. 실천이 곧 관심인 셈이죠. 또, 글쓰기 시간에는 글쓰기에만 무조건 집중하는 자세가 필요합니다. 사실 글 쓰는 시간이나 분량보다는 집중력이 더욱 중요하다고 할 수 있습니다. 글을 쓰다 잠시 쉬어가더라도 글을 쓰는 동안에는 그것에만 초점을 맞춰야 합니다. 매일 꾸준히 써도 좋고, 글을 쓰다 막히면 잠시 휴식기를 가져도 좋습니다. 다만 휴식을 취할 때는 잠깐만 글쓰기와 거리를 두는 것일 뿐, 항상 무엇을 어떻게 쓸지 염두에 두고 있어야 합니다.

영감을 떠올려야 할 때는
독서가 좋은 방법이 될 수 있습니다.

도움이 될 만한 책을 찾아 읽으면서 자신의 부족한 점을 채울 계기로 삼아보세요. 특히 휴식기를 두며 글을 쓸 때는, 긴 글보다는 짧은 글을 추천합니다. 글이 길수록 구상할 게 많아지므로 그날 마치기 어렵기 때문이에요. 글을 마친 경험이 많을수록 보람은 늘고, 다음 글을 이어갈 원동력이 됩니다. 아예 글 한 편을 다 쓸 필요는 없습니다. 어느 정도 썼다는 만족감이 느껴질 정도면 충분합니다. 긴 글은 그 만족감을 느끼기까지 꽤 써 내려가야 하므로 짧은 글을 권하는 것일 뿐, 마음속 정해놓은 분량만큼 썼다면 상관없습니다.

두 번째 문장으로 자연스레 이어가면 가장 좋겠지만, 떠오르지 않는다면 아직 등장할 순서가 아닌 나중 내용이나 엉뚱한 내용이라도 적는 겁니다. 머릿속에 굴러다니는 단어를 주르륵 나열해 봐도 좋습니다. 물론 앞서 말한 것처럼 가능하면 문장 형식으로 나열하는 것을 추천합니다. 그래야만 아이디어가 꼬리에 꼬리를 물고 이어질 수 있거든요. 책상에 앉아 글을 쓰기로 마음먹었다면, 더는 고민 말고 자기 생각을 재빠르게 풀어보세요. 움직이지 않으면 아무것도 시작되지 않습니다. 이야기를 후루룩 써 내려가다 보면 나도 모르는 새에 글쓰기에 몰입하게 됩니다.

나중에 여러 번 고치더라도
'글쓰기 모드'로 돌입하는 것이 훨씬 중요합니다.

이렇게 쏟아낸 이야기들을 정리하다 보면, 글의 얼개가 만들어질 겁니다. 다음번 글쓰기를 할 때, 이때 써놓은 글을 찬찬히 다시 읽어보세요. 앞으로 설명하겠지만, 글쓰기에서 필요한 요소 중 하나는 '거리 두기'입니다. 앉은 자리에서 모두 쓰는 것도 나쁜 방법이라 보기 힘들지만, 일정한 간격을 두고 글을 쓰는 것이 바람직하지요. 띄엄띄엄 글을 쓰다 보면 자연스레 내가 썼던 글과 거리를 두게 되고, 조금이나마 객관적인 시선에서 나의 글을 바라보게 됩니다.

그렇다면 오늘의 글쓰기는 언제쯤 마치는 것이 좋을까요? 대개 정해놓은 시간이나 분량을 넘기면 마치는 것이 일반적입니다. 스스로 파악한 후에 더 쓰는 것이 좋겠다 싶으면 그렇게 하면 됩니다. 저는 '다음에 쓸 것 하나 남겨두기'를 권합니다. 글로 풀어내지 못한 아이디어가 딱 하나 남았을 때, 메모만 해두고 다음번에 그것으로 글을 이어가는 거예요. 아이디어가 부족해지면 글을 쓰기 전 고민하는 시간이 많아지기 마련인데, 이를 방지하는 방법입니다.

한편 더는 쓸거리가 떠오르지 않아 글쓰기를 중단하게 되었다면, 어디서 막혔는지 무엇을 보완하면 좋을지 간단히 메모를 붙여놓으세요. 도저히 막혀서 아무 문장도 써지지 않는다면, 차라리 마음 편히 다음을 기약하는 편이 좋습니다. 아니면 잠시 휴식을 취하거나 산책을 하고 돌아와 다시 써보는 방법도 있습니다.

한편 '낮'과 잘 지내는 사람이라면, 또 다른 걱정거리가 있습니다. 낮에 머리가 잘 돌아가는데, 주어진 일과를 마치면 밤에만 시간이 난다는 거죠. 또 하루 중 시간이 남을 때가 집에 있는 순간뿐인데, 유독 집 안에서는 글이 써지지 않는다는 사람도 있습니다. 그럴 때는 어쩔 수 없습니다. 조금씩 천천히 그 어려운 환경에서 글 쓰는 데 익숙해져야 해요. 장소도 마찬가지입니다.

집에서만 글쓰기 시간이 난다면, 집에 서서히 적응해 가야 합니다. 매번 카페를 찾는 것도 어려울 테고, 날씨가 궂은 날에는 밖에 나가기도 귀찮아질 수 있어요. 이처럼 "이러저러해서 글을 쓰지 못하겠어!"라고 자책하는 것보다는, 시간이 걸리더라도 돌아가는 편이 조금이라도 도약하는 현실적인 방법입니다.

팽팽하든 느슨하든, 많이 쓰든 적게 쓰든
결국에 글을 쓰고 있다면 괜찮습니다.

○ 글쓰기 습관을 위한 마음 다잡기 TIP

누군가의 방식을 따라 하는 것보다 자신의 방식을 만들면 좋습니다. 나의 일과에 맞춰 글쓰기 계획을 세워보세요. 또한 짧은 글을 여러 번 완성하면서 성취감을 얻는 것이 글쓰기 습관에 큰 도움이 돼요.

아이디어를 긁어모으는
몇 가지 방법

　글쓰기로 마음먹었다면, 가장 먼저 글감을 찾아야 합니다. 어떤 것을 주제로 이야기를 펼칠지 정하는 것이죠. "나는 이런 이야기를 쓸 거야" 하고 각자 떠오르는 생각들이 있을 겁니다. 그럼에도 글쓰기가 제자리걸음 상태인 것은, 떠오르는 생각들을 잡으려 하지 않고 잔상처럼 스쳐 지나가도록 내버려 두고 있어서입니다. 멀리서 날아오는 공의 속력은 얼마인지, 어떤 자세로 잡아야 좋을지, 잡고 나서 누구에게 어떻게 패스해야 할지 등을 정하지 않은 채 경기장 한가운데 가만히

서 있는 것이죠. '나무'에 관한 이야기를 쓰려는데, 어느 곳에 사는 어느 나무인지 명확히 정하지 못했다면 어떨까요? "대충 이렇게 쓰면 되겠지" 하는 어림짐작으로는 이야기가 발전하지 못합니다. 번뜩이는 아이디어를 잘 모아야 하지요.

아이디어를 긁어모으는 방법에는
여러 가지가 있습니다.

먼저, '독서'입니다. 앞서 이야기한 대로 책은 생각해 볼 만한 것들을 던져주는 훌륭한 도구입니다. 소설 작가가 꿈이라면 소설을 주로 읽는 것이 도움이 될 테지만, 가능하면 여러 분야의 책을 읽어보는 것이 좋아요. 영감은 가끔 엉뚱한 데서 찾아오기도 하거든요. 여기에 독후감을 써놓는다면 이후에도 아이디어를 얻는 데 큰 도움이 될 거예요. 독후감이 거창하다면 좋은 글귀만 따로 메모해도 좋아요.

이와 더불어, 편집자로서 책을 만들면서 터득한 몇 가지 독서 팁을 소개하겠습니다. 먼저 '입으로 읽기'입니다. 일할 때 머릿속에 도통 들어오지 않는 문장은 입으로 한번 읽어보는 경우가 많았습니다. 시나리오 지망생이라면 공감할 법한데, 시나리오나 대본뿐 아니라 웬만한 책의 문장은 입으로 술술 읽히는 것이 좋아요. 어려운 책이라면 문장이 이해될 때까지 여러 번 읽어 보세요. 눈으로 읽는 것보다 머릿속에 책 내용이 잘 자리 잡습니다. 이 방법은 자신이 쓴 글을 검토해 볼 때도 도움이 된답니다.

다음은 문장을 다시 써보는 것입니다. 일할 때 원고의 어려운 문장을 문단 통째로 옮겨 적은 적이 종종 있었는데, 큰 도움이 되었습니다. 책 내용을 도저히 이해하기 어렵다면, 나만의 스타일로 그 문장을 재창조해 보세요. 문장에서 주어나 목적어의 위치를 바꿔본다든가 형용사나 동사를 유의어로 표현해보는 것입니다.

인문이나 경제경영, 과학 도서처럼 전문 용어가 자주 등장하는 경우라면 더욱 알맞을 수 있습니다. 이 방법은 책의 내용을 완벽히 숙지하는 데 도움을 줄 뿐 아니라, 자연스레 글 쓰는 실력을 키워줍니다.

마음에 드는 문장만 골라내는 방법도 있습니다. 바로 '발췌'이지요. 편집자는 책을 편집하는 과정에서 보도자료나 홍보 등에 쓰일 만한 부분을 차곡차곡 따로 선별하여 모아둡니다. 그래야 책의 핵심을 금방 잡아내고 글이 올바른 방향으로 가는지 확인할 수 있거든요. 책의 숨겨진 재미를 찾아낸다 생각하고, 보물찾기 하듯 마음에 드는 글을 찾아보세요.

마지막으로 전하는 팁은, 여러 번 읽기입니다. 아무리 가벼운 분량의 책이라도 200자 원고지 수백 매에 달하는 내용을 한 번 읽고, 기억하기란 쉽지 않습니다. 한번 읽고 잊히기 아쉬운 책이라면 더더욱 앞의 방법들을 활용하여 다시 한번 되새겨보세요.

독서와 함께 신문 기사, 뉴스 그리고 칼럼도 읽어보면 좋습니다. 자료 조사를 더해 글감을 더욱 견고하게 만드는 과정이거든요. 무엇을 쓰고 싶은지는 결정했는데, 도저히 감이 잡히지 않았다면 추천하는 방법입니다. 백과사전을 통해 필요한 정보를 얻는 방법도 좋지만, 기사나 뉴스에서는 글감에 관한 사람들의 여러 시선을 마주할 수 있습니다. 또한, 나는 어떠한 방향으로 접근하면 좋을지 머릿속에 지도를 그릴 수 있어요. 영화나 드라마, TV 프로그램도 좋습니다. 재미있거나 마음에 드는 부분뿐 아니라, 재미없고 공감이 가지 않는 부분까지, 인상 깊은 것들을 틈틈이 메모해두세요. 그리고 그렇게 생각한 이유를 곱씹어 보세요. 영화나 드라마라면 내가 주인공일 때 그 순간에 어떻게 행동하고 대처했을지 상상해 보는 재미도 있습니다. 이렇듯 단순한 시청에서 그치지 말고 생각하고, 메모하는 자세가 중요합니다. 이후 메모해둔 것에서 중요도를 따져 필요한 것들을 걸러내는 연습을 해보세요.

아이디어를 긁어모으는 마지막이자,
가장 중요한 방법은 '쓰기'입니다.

앞서 말했듯이 움직이지 않으면 아무것도 시작되지 않습니다. "무슨 일이 있어도 개의치 말고 매일 쓰도록 하라." 대문호 어니스트 헤밍웨이도 이렇게 말하며 쓰기의 중요성을 강조했지요. 단순히 끄적일 뿐이라도 무언가를 쓰고 있을 때 톡 튀어나오는 아이디어들이 있습니다. 길을 걷다가 게임을 하다가 TV를 보다가 불현듯 떠오르는 생각을 흘려보내지 마세요. 메모해두었다가 잠자기 전에 문장으로 이어보세요. 대부분의 순간적인 생각들은 이미지 형태일 때가 많습니다. 즉, 영화 속 장면처럼 머릿속에 잠시 펼쳐졌다가 사라지는 것이죠. 메모는 이 장면을 뭉뚱그려 전달하는 것일 뿐이고, 몇 개의 문장이 모여 하나의 문단을 이룰 때 비로소 장소와 인물의 대사가 눈에 들어옵니다.

아이디어가 떠오르지 않는다 해도 하루에 몇 분씩 몇 문장이라도 써보면 좋습니다. 문장을 다듬는 과정은 잠시 뒤로 미루고, 우선 생각나는 대로 쏟아보세요. 무의식중에 펼쳐지는 문장 속에서 재미있고 기발한 아이디어들이 눈에 띌 것입니다. 그것을 차근차근 정리하다 보면 하나의 이야기가 만들어집니다. 오늘 있었던 일을 끄집어내는 방법도 있어요.

'나'에게 질문을 던져보세요.

"오늘 왜 기분이 안 좋았던 거지?" "오늘 왜 약속 시간에 늦었던 걸까?" 하고 말이죠. 꼬리에 꼬리를 물고 이유를 찾다 보면, 이 역시 또 하나의 재미있는 이야깃거리가 됩니다. 여러 번 강조하지만, 중요한 것은 아이디어를 긁어모을 때 항상 글로 변환해야 한다는 사실입니다. 즉 아이디어가 머릿속에서만 맴돌게 두지 말고, 어떠한 방식으로든 글로써 여러분 곁에 있어야 합니다. 생각하고 메모하고 정리하여 글을 차곡차곡 모으는 과정을 반복하다 보면 글쓰기 습관이 다져지고 부담 없이 한 편의 글을 완성할 수 있을 거예요.

○ 글쓰기 습관을 위한 마음 다잡기 TIP

독서와 메모를 통해 아이디어를 모을 수 있어요. 책을 다양한 방법으로 읽어 보고, 일상의 소소한 것들에 주의를 기울여 메모로 남겨 보세요. 또한 모든 아이디어를 글로 남겨 두세요.

나에게 알맞은
글쓰기 책 찾는 방법

글쓰기를 시작했다면 자신을 도울 책을 찾기 마련입니다. 바로 글쓰기에 관한 책이죠! 과연 어떤 글쓰기 책이 여러분의 창작 과정에 도움을 줄 수 있을까요? 먼저, 여러분이 쓰려는 것이 무엇인지 인식하고 있어야 합니다. 즉, "나는 ○○○을 쓸 거야" 하고 마음속에 떠올릴 때 거기에 들어갈 답 말이지요. 소설이나 에세이 또는 시나리오 아니면 그 밖의 것들일 수도 있겠네요. 아직 어떤 분야를 쓰고 싶은지 구체적으로 생각하지 못했을 수도 있고, 또 여러 장르를 넘나드는 작가가 되

고 싶을 수도 있습니다. 그럴 때는 여러분의 관심사를 떠올려보기 바랍니다. 앞서 이야기한 대로,

여러분이 무엇을 좋아하고
어떤 글을 쓰고 싶은지
먼저 정해야 하니까요.

사람들이 두루 읽는 글쓰기 책은 정해져 있습니다. 아마 여러분의 머릿속에 몇몇 베스트셀러가 떠오를지도 모르겠네요. 분명 그 책들은 충분한 가치를 인정받았기에 그 자리에 올랐을 겁니다. 베스트셀러도 좋지만, 가능하면 서점이나 도서관에서 다양한 책을 접해보고 자신에게 맞는 책을 읽는 것이 좋아요. 가령 글쓰기 책은 어떤 것을 쓰느냐에 따라 세분됩니다. 시, 소설, 에세이, 시나리오 등 각 분야에 따라 글쓰기 방법을 안내하는 책들이 시중에 많이 나와 있습니다. 만약 웹소설 작가가 꿈이라면 정통적인 글쓰기 책보다는 웹소

설만의 팁이 담긴 웹소설 글쓰기 책이 좋겠지요.

한편 여러분의 글쓰기 분야와 관심사에 따라 다른 책을 찾아야 할 수도 있어요. 과학 작가가 꿈인 사람에게 시나리오나 소설에 관한 책은 어느 정도 도움이 될지언정, 훌륭한 글쓰기 책이라고 보기는 힘들 테니까요. 이러한 사람에게는 지식을 효과적으로 전하는 교양책이나 과학 지식을 재미있게 풀어내는 과학책이 도움이 될 것입니다. 딱 짚어서 글쓰기 책이라고 하긴 어렵더라도 말이죠.

또한 글쓰기 책 중에서도 어떤 것은 본격적으로 글을 쓰기 시작한 사람에게 맞지 않을 수 있어요. 그러한 책은 이제 한 문장 쓰기 시작한 사람에게는 내용이 복잡하고 어려워서 버겁게 느껴지기도 하지요. 글쓰기 책이라고 해서 누구에게나 다 맞지는 않아요. 이제 막 걸음마를 뗄 때는 초보 작가에게는 학습지처럼 독자에게 연습 문제를 던지는 책이 알맞을 것입니다. 한편 도저히 아이디어가 떠오르지 않는 작가에게는 백과사전처럼 다양한 글감을 한곳에 모은 책이 큰 도움이 됩니다.

> 글쓰기 책과 함께 여러분이 쓰려는
> 분야의 책들도 함께 읽어야 합니다.

소설 작가가 꿈이라면 소설도 함께 읽어야 하는 셈이죠. 글쓰기 책도 좋지만, 작가가 자신만의 글쓰기 방식을 통해 완성한 결과물이야말로 여러분의 글쓰기에 큰 도움이 될 거예요. 작가가 어느 글감을 가지고 어떠한 방식으로 접근했는지, 또한 독자를 어떻게 설득했는지 그것을 알아가는 과정은 무엇보다 값집니다. "나도 이렇게 잘 쓰고 싶다" 하고 자극을 얻을 수도 있고요. 또한 여러분이 쓰려는 분야의 책을 틈틈이 읽어두면 그 분야에 대한 감을 쉽게 잃지 않습니다.

만약 시나리오나 드라마 작가가 꿈이라면, 무엇보다 영상을 챙겨서 봐야 합니다. 즉 영화나 시나리오를 소설책처럼 찾아서 보는 것이죠. 당연한 말이지만, 이러한 장르들은 결과물이 영상으로 나옵니다. 즉 텍스트로 이루어진 극본과 함께 배우 연기, 음향 효과, 감독 연출 등이 더해졌을 때 비로소 결과가 나오는 거죠. 여러분이 무엇을 쓰는지에 따라 어떤 것을 챙겨 봐야 할지 염두에 두고 있어야 한다는 의미입니다. 아마 여러분은 알게 모르게 이러한 방식으로 책을 접하고 있을 거예요. 글쓰기 책 한두 권을 옆에 두고, 자신이 좋아하는 것에 관한 책이나 영상을 함께 보는 방식으로 말이에요.

제가 여기서 전하고 싶은 말은 '감을 잃지 않는 것'입니다. 글을 쓰다가도 틈틈이 관련한 책들을 읽음으로써 자신이 올바른 방향으로 가고 있는지 확인해 봐야 합니다. 글쓰기 책으로는 여러분이 좋아하는 작가들이 어떠한 감성으로 문제를 인식하고 헤쳐나가는지 정확히 파악하기 어려워요. 따라서 소설 작가가 꿈이라면 소설을 두루 읽어야 하죠. 한 편의 소설은 여러 편의 소설을 읽으며 얻은 영감과 방법으로 만들어질 것입니다. 다른 것도 마찬가지고요. 괜히 늦장 부리는 건 아닌가 조바심이 들 수도 있지만, 분명 여러분이 좋아하는 책들은 여러분에게 답을 전해줄 거예요.

○ 글쓰기 습관을 위한 마음 다잡기 TIP

글쓰기 책을 고르기에 앞서 자신이 '무엇을 쓰고 싶은지' 정해야 합니다. 얼마큼 글쓰기에 숙달했느냐에 따라 알맞은 글쓰기 책이 달라집니다. 또한 자신이 쓰려는 분야의 책을 함께 읽으며 감을 잃지 않는 것이 중요해요.

○

처음부터 완벽할 필요는 없어요

모든 일에 완벽을 기하는 '완벽주의자'라면 글쓰기에 앞서서 마음을 다잡아야 합니다. 초고, 즉 처음 분량을 채운 다음 한두 번 훑어본 원고는 절대 완벽할 수 없다는 걸 명심해야 하지요. 초고의 첫 문장도 당연합니다. 때때로 인터넷에서 대문호의 작품 속 첫 문장을 언급하며 '첫 문장'의 중요성을 강조합니다. 그러나 대문호의 첫 문장이 집필 과정에서 처음 등장한 문장이 아닐 수 있습니다. 다시 말해, 여러 번 고쳐 쓰다가 고심 끝에 쓰게 된 문장일 수 있다는 의미입니다. 만약 애초에 첫 문장에 중점을 두었더라도 그리 대단하지는 않습니다. 중요한 것은 글을 쓰면서 첫 문장에 계속 발목이 잡히느냐에 달려 있습니다.

초고에서 첫 문장은
다음 문장으로 연결하는 다리일 뿐,
아직 글 전체를 아우를 만한 힘이 없습니다.

어쩌면 글을 고쳐 쓰는 과정에서 삭제되거나 다른 문장이 첫 문장으로 대체될 수 있지요. 오히려 초고에서 첫 문장이 지배적인 위치를 차지하는 것을 경계해야 해요. 첫 문장뿐 아니라 글 중간에 들어가는 핵심적인 문장도 마찬가지입니다. 몇몇 작가 중에는 한 문장에 꽂혀 어떤 이야기를 써 내려갈 때가 많습니다. 그 문장이 이야기를 좌우할 만큼 매우 강력한 힘을 발휘하는 셈이지요. 무조건 나쁘다고 보기 힘들지만, 초고는 늘 고쳐쓰기를 염두에 두어야 해요. 때로는 초고를 대대적으로 고쳐야 할 수 있는데, 한 문장이 한가운데 말뚝을 박고 있으면 무척 곤란할 것입니다. 과감히 말뚝을 뽑아낼 수 있어야 해요. 의외로 많은 작가가 이를 힘들어합니다. 그 문장이 이야기 전부라고 생각하기 때문일 텐데, 쓰다 보면 전혀 그렇지 않다는 사실을 깨닫는 경우가 부지기수입니다. 오히려 그 문장을 도려냄으로써 전달력을 높일 수도 있어요.

처음부터 결점 없이 완벽히 쓴다는 건 불가능에 가깝습니다. 만약 완벽한 초고를 써낼 수 있다고 하더라도 그것이 실제로 완벽한지 의심해 볼 필요가 있고요. 프로그램 개발자들은 프로토타입(시제품)을 절대 완벽하게 만들지 않는다고 합니다. 프로토타입의 목적은 그동안 보지 못한 문제점을 찾아내고 여러 방면으로 실험해 보는 것이기 때문입니다. 오히려 문제점을 찾지 못해 프로토타입 그대로 시장에 출시되는 것을 우려한다고 해요. 첫 글쓰기에서 오직 신경 써야 할 점은 그동안 틈틈이 써놓은 메모나 머릿속에 불현듯 떠오른 아이디어를 원고에 풀어내는 것뿐입니다. 준비한 것들을 글에 풀어 놓았다면 초고는 그쯤에서 마무리하고,

나머지는 그다음 글쓰기에서 고쳐 쓰면 돼요.

고작 10분 뒤에 글을 고치게 되더라도 말이죠. 열심히 쓴 글을 다시 고치는 상황을 마주해야 한다니, 꽤 불합리해 보이기는 합니다. 하지만 초고를 끝내고 이후 고친다고 생각하는 편이, 처음부터 완벽한 글을 완성하고자 머리를 싸매는 것보다 훨씬 효율적이라는 점을 알아야 해요! 글이라는 게 고치다 보면 훨씬 매끄러워지고 내용도 풍성해지기 마련입니다. 그 때문에 출판사에서 편집자가 원고를 검토하고 작가에게 수정 방향을 일러주기도 하지요. 초고를 고치면 충분히 좋아질 걸 알거든요. 따라서 "이왕 이렇게 고치게 될 것을, 처음부터 잘 쓰면 되지 않을까?" 하는 생각이 들더라도

처음에는 그저 흘러가는 대로 적어보세요. 첫 문장도 마찬가지입니다. 크게 의의를 두지 말고, 떠오르는 것을 그저 적어보세요. 자신의 글재주는 오직 글을 썼을 때만 알아챌 수 있으니까요.

다만 이렇게 흘러가는 대로 쓰더라도, 유념해야 할 점들이 있습니다. 첫째, 여러 번 고칠 수 있다는 점을 명심하세요. 많은 사람이 고쳐쓰기의 중요성을 실감하며, 첫 글을 한 번 다듬는 데는 능숙합니다. 하지만 몇 번 더 고쳐 써야 한다고 이야기하면, 질색하고는 하지요. 그래서 편집자에게 아예 초교 이후 원고 수정 전반을 맡기는 작가도 적지 않았습니다. 하지만 본래 글쓴이가 눈여겨보지 않는 이상, 원고의 한계는 어느 순간이든 드러나고 말아요. 단 한 번의 수정으로는 글의 모든 부족한 점을 발견하고 바로잡을 수 없답니다. 그 점을 인지하고 하나의 글을 완성하는 데 시간을 넉넉하게 두기 바랍니다.

둘째, 이야기가 꼬리에 꼬리를 물고 이어져야 합니다. 간혹 장보기처럼 '달걀' '라면' '김치', 이렇게 단어만 툭툭 적어놓는 사람들이 있습니다. 첫 글쓰기이니까, 부담 없이 생각나는 소재를 나열하는 것이죠. 이것은 사실 초고라고 하기에는 모호하고, 메모에 가깝습니다. 하지만 누누이 강조했듯 아무리 메모여도 이렇게 단어만 던지는 것은 좋지 않아요. 다음 글쓰기 시간에 앞서 적어놓은 것들을 보고 자신이 무엇을 쓰려고 했는지 기억하지 못할 가능성이 크거든요. 추상적이기보다는 구체적으로, 또한 단어보다는 문장 형식으로 자세히 쓰는 습관을 들여야 합니다. 그래야 다음에 이어서 쓸 수 있기 때문입니다. "달걀, 라면, 김치를 사서, 라면에 달걀을 넣어 끓이고 김치랑 먹어야겠다" 이렇게 말이죠. 특히 자신이 경험해 보지 못한 상상 속 이야기라면, 다음번 글쓰기에도 세계관을 이해할 수 있도록 더욱 자세한 보충 설명이 필요합니다.

마지막으로, 초고를 쓰면서 자신을 자주 돌아보세요. 언제 어디에서 어떻게 글을 쓰는지 알아내면 다음 번 글쓰기에도 참고할 수 있습니다. 낮에 쓰는지 밤에 쓰는지, 집을 선호하는지 밖에서 틈틈이 적는 걸 좋아하는지, 글을 쓰면서 잔잔한 노래를 듣는지 아닌지 등 자신의 스타일을 알아가는 것입니다. 언제 어디서나 어떠한 상황이든 글을 쓰면 좋겠지만, 그것이 마치 족쇄처럼 느껴진다면 자신에게 맞는 시간과 장소를 정해 그 시간만큼은 글쓰기에 집중해 보세요. 지금은 글쓰기에 재미를 붙이는 과정으로 여기고, 압박처럼 느껴지는 것들은 내려놓는 것이 좋습니다. "매일 저녁 1시간씩 글을 써야지" 마음먹고 나머지 시간에는 여유를 즐기세요. 또한, 정해놓은 시간을 채우지 못하거나 반대로 넘더라도 생각해놓은 이야기를 대강이라도 마무리 지어 놓는 것이 좋습니다.

글쓰기는 발상부터 마무리까지
마음과 마음이 이어지는 가운데 이루어집니다.

마음이 갈피를 잡지 못하면 아무것도 쓸 수 없습니다. 개인적인 글쓰기라면 더욱 그렇지요. "처음부터 완벽해야 해!"라고 혹시 자신을 몰아붙이고 있지 않나요? 최선을 다한다는 마음가짐으로 글을 고치고 쓰기를 반복하다 보면 언젠가 좋은 결과를 얻을 수 있을 거예요. 기억해야 할 것은, 처음부터 완벽해야 할 필요는 없지만 시작해야 한다는 사실이에요. 해보기 전에는 아무도 잘 될 거라 장담할 수 없으니까요.

> ○ 글쓰기 습관을 위한 마음 다잡기 TIP
>
> 초고, 즉 한 번 써놓은 글은 절대 완벽할 수 없습니다. 초고에서는 그저 준비해놓은 것을 글로 풀어냈다는 것에 의의를 두기 바랍니다. 글은 여러 번의 수정을 거쳤을 때 비로소 완성된다는 사실을 기억하세요!

보다 본격적인
글쓰기 방법들

작은 그림부터 그리기

오늘 무엇을 쓸지 결정했나요? 그렇다면 생각해놓은 이야깃거리의 크기를 재어볼까요? 당연히 실제 크기를 재어볼 수 없겠지만, 내가 쓰려는 글이 얼마큼의 분량을 채울지 주제에 따라 가늠해 보는 겁니다. 글쓰기 전에 한번 생각해 볼 법한 문제입니다. 구체적인 예를 들어볼게요. '주인공이 새로운 세계로 모험을 떠난다'는 내용의 웹소설을 쓴다고 가정해 보죠.

주인공은 남자인가요, 여자인가요, 아니면 의인화

된 동물인가요? 몇 살인가요? 혹시 산신령처럼 몇백 년을 산 인물인가요? 주인공의 직업은 무엇인가요? 모험을 떠나게 된 이유는 뭔가요? 갑작스러운 결정인가요, 아니면 전부터 생각해두었던 것인가요? 이미 눈치채셨겠지만, 아직 '새로운 세계'에 대해서는 말도 꺼내지 못했습니다.

"쓰다 보면 되겠지"
이런 자세도 무조건 나쁘지만은 않아요.

어쨌든 글을 쓰기 위해 몸을 움직인 셈이니까요. 하지만 '주인공이 새로운 세계로 모험을 떠난다'라고 하는, 구체적이지 않은 주제는 아직 키로 까부르지 않은 곡식과 같습니다. 곡식과 함께 티나 검불 등이 남아 있는 것이죠. 만약 그 곡식이 그대로 식탁 위로 올라온다면, 아무리 잘 지은 밥이라도 먹다가 아작하는 소리와 함께 돌을 씹고 말 겁니다. 전체 양은 줄더라도, 곡식을 키로 까불러서 원하는 것만 얻어야 합니다. 따라서 '어느 배경을 가진 주인공이 어떠한 새로운 세계로 무엇을 위해 모험을 떠나는지' 주제는 구체적이어야 하지요. 주제에도 육하원칙을 따라야 하는 셈입니다. 육하원칙이 부족한 주제일수록 분량 채우기는 고사하고 2~3장 분량의 짧은 글도 완성하기 어려울 거예요.

구체적이지 않은 주제로 글을 쓰다 보면 어느 순간 더는 꺼낼 이야기가 없어 막히는 지점에 도달하고 말 겁니다. 간혹 주제가 커다랄수록 다룰 수 있는 범위가 넓으니까 글 안에 여러 이야기를 담을 수 있겠다고 생각하기 쉽지요. 특히 의욕이 넘치는 작가라면 자신이 떠올린 모든 아이디어를 글에 담고 싶어지죠. 하지만 글의 분량이 정해져 있는 만큼 이는 불가능에 가까우며, 독자 또한 어느 방향에 따라 글을 읽어야 할지 혼란스러워합니다. 애초에 글에 방향이 없을 테니까요. 게다가 그렇게 쓰기도 어려운 것이, 글을 쓰다 보면 자연스레 배경, 주인공, 시대 등을 정하기 때문이에요. "그래, 이 소설은 남자 주인공으로 해야겠다" "배경은 조선 시대가 좋겠어" 하면서 말이죠.

그렇다고 해서 "글을 쓰다 보면 자연스레 주제가 정해지겠지" 하는 마음으로 글쓰기를 시작해서도 곤란해요. 도착점을 정하지 않은 채 여행을 하다 보면 우여곡절을 겪기 마련입니다. 매 순간, 이 길이 맞는지 여러 번 되짚어봐야 하고, 자기 자신을 의심하게 되죠. 어쩌면 "내가 가려던 길은 여기가 아닌데" 하고 후회할 수도 있고요. 숙련된 작가라면 마음을 굳게 먹고 다시 돌아갈 수 있겠지만, 아직 글쓰기에 익숙하지 못한 작가에게는 쉽지 않은 일입니다. 글 속에 녹아 있는 작은 글감이라면 고칠 수 있지만, 주제의 경우에는 아예 글을 다시 설계해야 하지요. 따라서 생각해놓은 것들이 산더미 같더라도 그 산더미를 조금씩 나누는 지혜가 필요합니다. 즉, '범위'를 좁히는 습관을 들이는 것이죠.

'범위 좁히기', 이것은 우리에게 이미 익숙합니다. 우리는 일상에서 글쓰기를 할 때 먼저 범위를 좁히고 시작합니다. 독후감을 쓸 때 한 권의 책을 주제로 하고, 영화 리뷰를 쓸 때도 마찬가지입니다. 흥미로웠던 영화 한 편을 두고 글을 써 내려가지요. 일기도 마찬가지입니다. 사람에 따라서 오늘 일어난 모든 일을 적을 수 있겠지만, 결국 주제는 일기에 담길 만한 인상 깊은 기억일 겁니다. 이후 불필요한 것들을 가지를 치듯 쳐내서 일기를 마무리하지요.

　물론, 주인공의 정보, 새로운 세계의 정체 그리고 모험을 떠나는 이유까지 모든 것을 미리 마련해놓은 사람도 있을 겁니다. 이런 경우라면 곡식을 잘 까붙어 놓은 것으로 볼 수 있지 않을까요? 아직은 아닙니다. 주제에 따라 구체적으로 각 부분을 설정해야 합니다. 물론 설정은 언제든 바뀔 수 있어요. 즉 모든 것을 한 번에 쓰려는 마음을 내려놓고, '주인공의 정보' '새로운 세계의 정체' '모험을 떠나는 이유' 중에 오늘 딱 하나만 정하는 겁니다. 곡식을 키로 까불 때도 조금씩 나눠서 합니다. 글의 세계관을 정할 때도, 항목별로 쪼개는 요령이 필요해요. 설정 단계를 거쳐야 한다는 말입니다.

웹소설이 아닌 '정보를 전하는 글'을 쓸 때도 범위를 잘 좁혀야 합니다. 특히 연재 형식, 즉 글을 여러 번 나누어 올릴 때는 커다란 주제에서 소주제를 잘 나누는 연습이 필요합니다. 예를 들어, 우리나라 역사에 관해 이야기한다면, 오늘은 단군 할아버지만 등장하는 것이죠. 고조선 이야기는 다음 시간에 이어가는 겁니다.

매일매일 무엇을 쓸지
촘촘하게 계획할 필요는 없습니다.

새로운 이야기가 아니라, 어제 했던 이야기의 부족

한 부분을 이어가는 것도 나쁘지 않아요. 또한, 떠오른 생각이 있는데 오늘 쓰기로 한 것과 다르다는 이유로 적지 않을 필요도 없지요. 무작정 떠오르는 대로 적었다가 나중에 말이 되게끔 연결하고, 또 어울리는 내용끼리 묶는 방법도 있습니다. 다만, 머릿속에 여러분이 구체적으로 정해놓은 주제를 되새기면서 조금씩 잘 풀어내기를 바랍니다.

　어느 정도 설정을 정했다 싶으면, 본격적인 집필에 들어가도 좋습니다. 설정 단계에서 도저히 떠오르지 않는 것들에 골머리를 앓을 필요는 없어요. 그것들은 아마 글을 제대로 쓰기 시작하면서 자연스레 생각날 거예요. 예를 들면 주변 인물의 경우 주인공이 사건을 따라 움직이기 시작하면서 비로소 머릿속에 떠오를 때도 있습니다(물론 미리 설정해두는 게 가장 좋지만요). 얼른 글을 쓰고 싶다면, 우선 발단 부분을 채울 정도로 설정을 정해놓았을 때 시작하면 돼요. 이때 발단 이후 어떠한 방식으로 이야기가 흘러가며, 결말은 어떻게 될지 대강 그림을 그려두어야 해요. 주제를 설정하다 보면 이 또한 머릿속에 저절로 자리 잡을 것입니다.

설정 단계에서 항목에 따라 쪼개놓은 것들을 다시 살펴보면, 어느 부분이 미흡한지 금방 찾아낼 수 있어요. 예를 들면 주인공의 성격이나 외모는 잘 묘사해두었는데, 주인공이 사는 마을에 대한 묘사는 부족하다는 걸 알아채는 것이죠. 그러면 그 부분을 보완하면서 이야기를 전개하면 됩니다. 물론 미리 적어놓은 여러 설정을 전개에 따라 나누는 것도 가능하지요. 한 번에 모든 걸 보여주는 것보다, 이번에는 인물의 성격을 드러내고 다음에는 인물의 외모를 알려주는 편이 훨씬 흥미롭습니다. 주제가 너무 넓으면, 지금 쓰고 있는 문장이 전체 이야기에서 어느 부분에 위치하는지 파악하기 어려워지죠. 흔히 '산으로 간다'라고 하지요? 어디로 가고 싶기는 한데, 어떻게 그곳에 이르러야 할지 갈피를 잡지 못하는 여행자나 다름없습니다. 또한, 정해놓은 분량만큼 글을 썼다는 보람을 느끼기도 어렵습니다. 의욕을 앞세웠지만, 생각만큼 머리가 따라주지 않아 속상할 수도 있고요. 사실 머리는 죄가 없는데 말이죠.

범위를 잘게 쪼개고 이후 조합하며
글을 완성하는 것이
초보 작가에게 가장 좋은 방법입니다.

곡식을 조금씩 나누어 키로 까불고 다시 한곳에 모으는 모습을 꼭 떠올려보세요.

○ 글쓰기 습관을 위한 마음 다잡기 TIP
주제는 구체적일수록 좋아요! 주제를 정한 다음에는 그에 따라 설정해야 할 것들을 나누고, 조금씩 설정을 만들어보세요. 연재 형식의 경우 매회 어떤 것을 쓸지도 함께 정리해야 해요.

○

재미있는 것부터 해도 괜찮아요

글쓰기 책을 읽다 보면 공통으로 등장하는 이야기가 있습니다. '원고지에 잉크 펜을 눌러가며 썼던 시절과 달리 요즘은 워드프로세서를 이용하여 편하게 쓰고 고칠 수 있다. 그러니 글을 고치는 것에 두려움을 갖지 말고, 우선 써보자.' 대강 이런 식이죠. PC가 상용화된 지 꽤 오랜 시간이 지난 현재, 이 말은 10대나 20대에게는 어쩌면 전설처럼 들릴지도 모르겠어요. 제가 여기서 말하고자 하는 것은, '편하게 고칠 수 있다'가 아니라 '두려움을 갖지 말고, 우선 써보자' 쪽에 가깝습니다. 언뜻 보기에 비슷해 보일 수 있지만, 들여다보면 결이 다른 이야기이기 때문이죠.

현재 컴퓨터나 스마트폰 등 전자기기를 통해 글을 쓰는 사람 중 누구도 퇴고, 즉 글 고치는 게 불편하다는 이야기를 꺼내지 않을 겁니다. 학교든 직장이든 우리는 어느샌가 마이크로소프트 워드, 한컴오피스 흔글 같은 워드프로세서를 통한 글쓰기에 능숙해집니다. 그렇게 많은 사람이 이미 능숙해진 상태로 자신만의 글을 쓰기 위해 고군분투합니다. 그런데 왜 우리는 글을 쓰는 것에 두려움을 느낄까요? 손가락 끝을 몇 번 움직이면 금세 지웠다 쓸 수 있는데 말이죠.

앞서 이야기했듯, 많은 사람이 무의식중에 완벽한 글을 쓰기를 바랍니다. 이 글을 쓰고 있는 저도 마찬가지입니다. 되도록 초고에 완성도를 기해서 퇴고에서 손이 덜 갔으면 하는 것이죠. 완벽주의라고도 할 수 있습니다. 이렇듯 완벽한 결과물을 바라며 어떻게 첫 문장을 쓸지 머뭇거리는 사이 시간은 총총 지나가버립니다. 별로 남지 않은 시간을 두고 많은 사람이 두 갈림길 앞에 서게 됩니다.

개의치 않고 계속 쓰거나,
내일 다시 잘 써보기로 하거나.

내일로 미루는 것이 나쁘다는 말이 아닙니다. 도저히 글이 써지지 않는다면 다음 날 차분한 마음으로 다시 시작하는 것도 좋은 방법일 거예요. 하지만 처음부터 완벽한 글을 바란다면 내일이 돌아오더라도 글을 쓸 수 없을 겁니다. 내일도 같은 이유로 머뭇거릴 테니까요.

완벽주의의 대표적인 문제는 '재미없는 것부터 다루기'입니다. 여기서 말하는 재미란 독자가 글을 읽으며 찾아내는 재미가 아닌, '글쓴이가 글을 쓰며 얻는 재미'를 말합니다. 첫 술에 배부르려다 보니 흥미를 느끼며 글을 쓰지 않고 정형화된 글쓰기 방식에 자신을 맞추는 것이죠. 개인적인 글은 작성하면서 얻는 흥미가 꾸준한 글쓰기의 원동력이 됩니다. 어쩌면 글을 쓰다 제풀에 지치는 이유 중에 '자신의 글에 흥미를 느끼지 못하는 것'이 있을 수도 있어요.

예를 들어, 어느 영화를 보고 리뷰를 쓰기로 했습니다. 영화에 등장한 명대사가 머릿속에 붕붕 떠다니는데, 왠지 모르게 이 영화에 대해 자료조사부터 해야 할 것 같습니다. 당장 글을 시작하고 싶은 마음을 꾹 누른 채 감독·출연 배우·장르·줄거리 등 자료조사를 시작합니다. 시간이 꽤 걸려 지치지만 넉넉할 만큼 자료조사를 마친 다음에야 리뷰를 쓰려고 하니 갑자기 흥미가 뚝 떨어집니다. 글쓰기 타이밍이 지나간 셈입니다. 그래도 어떻게든 쓰려고 첫 문장을 떠올려보는데, 도통 재미난 생각이 떠오르지 않으니 몇 분째 제자리걸음만 할 뿐입니다. 결국, 계속 쓰느냐 내일 쓰느냐 두 갈림길 앞에 서게 되지요. 만약 머릿속을 맴돌았던 명대사로 글쓰기를 바로 시작했다면 어땠을까요?

자료조사는 글을 풍성하게 만들어줄 뿐 아니라, 자기 생각에 대한 근거도 마련해 줍니다. 문학 작품이라면 하나의 세계관을 창조하는 데 도움이 되겠지요. 글쓰기에 있어 자료조사란 튼튼한 토대라고 할 수 있습니다. 튼튼한 토대 위에 집을 짓는 것은 당연합니다. 그렇기에 자료조사는 간과할 수 없는 중요한 부분으로 언급되어 왔습니다.

그런데 자료조사에 지나치게 열중하면 초보 작가에게는 걸림돌이 될 수도 있습니다. 앞서 예를 든 대로, 쓰고 싶은 내용을 내려놓고 자료조사만 하다가 제풀에 지치는 것이죠. 개인적으로, 글쓰기에 자료조사를 먼

2장 · 보다 본격적인 글쓰기 방법들

저 해야 한다는 법칙은 따로 없다고 생각해요.

재미있는 것부터 해보면 어떨까요?

물론 그전에 무엇을 쓰고 싶은지 어느 정도 감을 잡은 상태여야 합니다. 자료조사를 나중에 하고 싶다면, 우선 한 문장이라도 써보고 싶다면, 마음이 가는 대로 움직이는 겁니다. 그 대신 글을 쓰면서 자료조사가 필요한 부분을 따로 메모해두어야겠지요. 반대로 모아놓은 자료를 토대로 차근차근 글을 쓰고 싶거나 자료조사와 글쓰기를 번갈아가며 진행하고 싶다면, 이러한 경우에도 역시 원하는 대로 시작하면 됩니다.

아무리 모아놓은 자료가 많아 당장이라도 글을 쓸수 있는 상태라 하더라도, 정작 글이 써지지 않는다면 아무것도 이루어지지 않습니다. 토대만 다지다가 집을 짓는 건 포기하는 셈입니다. 이러한 문제를 안고 있기에 우리는 잉크 펜이 그다지 필요하지 않은 시대에도 글을 쓰고 고치는 걸 힘들어했을 수 있습니다. 어떠한 방식으로 글을 쓰든 퇴고는 필연적으로 발생합니다. 자료조사가 빈약할수록 나중에 고칠 것이 많아질 수도 있어요. 그럼에도, 자료조사든 글감을 모으든 간에 그 과정에서 전혀 흥미가 느껴지지 않는다면 방법을 바꾸어보세요. 손이 덜 가기 위해서는 어떻게든 손을 움직여서 글을 써봐야만 해요. 손이 움직여지지 않는다면, 다른 방법을 고민해봐야 합니다.

○ 글쓰기 습관을 위한 마음 다잡기 TIP

충분한 자료조사는 글쓰기에 있어 좋은 토대가 되지만, 한편으로는 거기에 에너지를 쏟은 나머지 글쓰기의 흥미를 떨어뜨릴 위험도 있어요. 자신의 방식에 맞게 자료조사와 글쓰기의 우선순위를 정해보세요.

○

보여주기 망설여진다면,
잠시 묵혀두세요

이 책을 읽는 여러분은 일기를 잘 쓰는 방법을 찾고 있지는 않을 겁니다. 다시 말해, 다른 사람에게 보여야 하는 글을 어떻게 하면 잘 쓸 수 있을지 그 방법을 찾고 있겠지요. 감춰두고 혼자서 읽을 글을 쓰는 경우가 아니라면, 언젠가는 자신의 글을 누군가에게 선보여야 하는 셈입니다. 그 때문에 많은 사람이 '누구에게 언제 어떻게 글을 보여줘야 할까?'를 두고 고민합니다.

누군가의 의견이 나의 작품에 의미를 부여할 수도 있어요. "이 글에서는 이 문장이 핵심이구나" "이 글은 이렇게 요약할 수 있겠어" "이 글에서는 이 물건이 중요한 것 같아" 원고를 읽어본 사람이 건네는 말에 작가가 깨달음을 얻는 것이죠. 이러한 현상은 책을 만들 때도 종종 일어납니다. 원고의 장점을 편집자가 발굴해내기도 하고, 마케터가 원고의 개선점을 전달하기도 합니다. 작가는 이러한 의견을 모아 원고를 더 나은 방향으로 이끌어 갑니다. 이렇게 여러 사람의 의견이 더해진 원고는 완성도가 높아지지요.

그럼에도 다른 사람에게 자신의 글을 건네준다는 건, 꽤 큰 용기가 필요합니다. 글을 보여주는 과정이 글을 쓰는 데 있어 도움이 되든 그렇지 않든 말이죠. 그런데 마음먹고 용기를 낸 것과 달리 결과가 신통치 않을 때가 많습니다. 대부분의 첫 독자가 "괜찮다" "나쁘지 않아" "잘 썼네"라고 짤막하게 말해주거든요. 의견을 자세히 말해주면 좋겠는데, 어째 나오는 말은 영 시원치 않습니다. 혹시 글쓴이가 상처를 받을까 싶어 진심을 숨기는 경우일 수도 있지만, 대개 글을 제대로 파악하지 못한 채 에둘러 이야기하는 때도 많습니다. 물론 잘 써서 잘 썼다고 칭찬해 준 것일 수도 있습니다.

하지만 제대로 된 평가를 원한다면
이것저것 따져봐야 합니다.

그럴듯한 평가를 받고 싶다면, 그전에 확인할 것들이 있습니다. 첫째, 친절한 사람입니다. 친구든 가족이든 아무래도 상관없습니다. 책을 즐겨 읽는지를 따져볼 필요도 없습니다. 다만, 평소 여러분의 말에 귀 기울여주었고, 누군가의 부탁을 성의껏 들어주었던 사람이면 좋습니다. 대충 훑어보고 얼렁뚱땅 대답해 주지 않고, 자신의 의견을 아낌없이 전해줄 사람을 찾아야 하죠. 또한 글을 읽어달라고 부탁할 때는 여러분의 글을 읽고 의견을 생각할 만한 충분한 시간을 주어야 해요.

둘째, 충분한 설명입니다. 글을 읽어달라고 부탁하기 전에 어떠한 내용을 담은 것인지 미리 설명해 주면 좋습니다. 공모전에 도전하든 출판사에 투고하든, 상황에 따라 한두 쪽으로 원고를 간단히 소개하는 개요서를 원고와 함께 제출해야 합니다. 물론 공모전이든 투고든 수많은 지원작을 빠르게 가려내고자 개요서를 받는 것이지만요. 개인적인 경험으로, 개요서는 원고를 파악하는 데 무척 큰 도움이 되었어요. 설명이 필요한 이유는 독자가 글을 다 읽어낼 인내심이 부족할 수 있다는 우려도 있지만, 여러분이 아직 초보 작가이기 때문입니다(물론 능숙한 작가도 원고에 따로 설명을 덧붙이곤 합니다). 흔히 '산으로 간다'라는 표현으로 비유하기도 하는데, 애초의 목표와 달리 글이 엉뚱한 방향으로 나아갈 때가 있습니다. 노련한 작가라면 이를 금방 잡아내는데, 초보 작가라면 이게 어려울 수 있습니다. 그래서 글을 읽는 사람도 도대체 이 글이 무얼 이야기하는지 알 수 없지요. 이러한 불상사를 막기 위해 미리 글에 관

2장 · 보다 본격적인 글쓰기 방법들

해 설명해 주는 시간을 갖는 것이 좋습니다.

셋째, 알맞은 시점입니다. 글을 보여주는 시점에 대한 완벽한 정의는 없습니다. 글쓰기 책마다 이에 관해 이야기하는 시점도 각각 다릅니다. 그나마 공통점이 있다면, 당연히 어느 정도 글의 윤곽이 드러난 이후에 사람들에게 보여주는 것이 좋다는 겁니다. 제 의견도 같습니다. 정체가 뚜렷하지 않은 글은 독자에게 오히려 혼동만 불러옵니다. 개인적으로, 초고를 완성하고 이후 한두 번 수정한 다음에 글을 보여주는 게 적절하지 않을까 싶네요.

하지만 이러한 사항을 숙지하고 마음먹는다고 해도, 글을 보여주기 어렵다면 어떻게 해야 할까요? 괜히 상처받을까 겁이 나서 말이죠. 그럴 때는 차라리 보여주지 않는 편이 좋습니다. 누군가에게 읽히는 글을 쓴다고는 하지만, 아직 자신의 글에 자신이 없다면 굳이 보여줄 필요는 없어요. 자신감이 없는 데는 나름의 이유가 있을 겁니다. 오히려 그 이유를 스스로 찾아내는 것이 남에게 보여주는 것보다 더 중요하다고 생각해요. 한편 여러분이 쓰고 있는 글이 낯익은 사람에게는 보여주기 엉뚱한 글일 수도 있지요. 나는 다소 독특하지만 재미있다고 느끼는데, 누군가가 이게 뭐냐고 딴지 걸까 봐 겁나는 경우입니다. 엉뚱한 주제를 다루는 글일수록 설득력이 있어야 해요. 또한 작가가 글에 대해 완벽히 숙지하고, 두세 문장으로 조리 있게 설명할 수 있어야 하지요. 만약 고민 끝에 보여주지 않는 쪽으로 마음을 정했다면, 글이 완성될 때까지 소신대로 밀고 나가면 돼요. 설득력을 높이는 과정으로 여기면 될 듯합니다.

남에게 보여주었더니 싱거운 반응이 돌아오고, 또 남에게 보여주자니 상처를 받을 것 같다면, 나의 글을 어떻게 평가할 수 있을까요? 아무리 뜯어봐도 개선점을 찾지 못할 것 같은데 말이죠. 그럴 때는 앞서 몇 번 이야기한 대로 잠시 글과 거리를 두어야 합니다. 바로 '묵혀두기'이죠. 며칠 쉬면서 그 글에 아무런 신경을 쓰지 마세요(다른 글이라면 써도 괜찮습니다). 그다음 꽁꽁 감춰놓았던 글을 다시 꺼내서 읽어보는 것입니다. 예전에 원고지에 글을 쓰던 작가들은 원고지 더미를 서랍 안 깊숙이 두었다가 짧게는 며칠, 길게는 몇 년 후에 꺼내 읽어보았다고 합니다. 스스로 완벽하다고 느낀 글도 시간이 지난 후에 조목조목 따지다 보면 고칠 만한 구석이 눈에 들어옵니다. 웬만한 작가의 글도 그렇지요. 묵혀두기는 글쓰기 과정에 있어 꽤 중요한 부분이에요. 당연히 누군가에게 보여주더라도 묵혀두기는 꼭 필요한 과정입니다.

묵혀두기를 습관화하면 좋습니다.

글 쓸 시간이 부족하더라도 잠깐의 묵혀두는 시간

을 두어야 하지요. 초보 작가라면 이를 고려해 계획을 짤 때 시간을 넉넉히 두어야 합니다. 하루 만에 글을 써야 한다면 한두 시간이라도 묵혀둘 시간을 비워놓는 겁니다. 초고를 끝낸 이후 "우선 계획한 대로 썼으니 잠시 쉬었다가 다시 살펴봐야겠다" 하고 자연스레 휴식을 취하게 될 텐데요. 이 휴식 기간을 일부러 길게 두는 걸 묵혀두기로 이해하면 됩니다. 글쓰기에 익숙해지다 보면 자연스레 시간을 잘 배분할 수 있을 거예요. 여기서 이야기하고자 하는 것은 다른 사람의 평가에 큰 부담을 느끼지 않아도 된다는 것입니다.

묵혀두기를 작가에서 독자로
역할을 바꾸는 것으로 생각해 보면 어떨까요?

자신을 스스로 독자로 여기고 글을 세세하게 따져 보는 겁니다. 언젠가는 누군가에게 보여줄 글이라도 아직 마음의 준비가 덜 되었다면 서두를 필요는 없어요. 섣불리 글을 보여주었다가 예상과는 다른 반응에 마음을 굳히지 못하고 이리저리 휘둘리는 작가도 여럿 봐왔습니다. 내가 잘하고 있는지 걱정될 때는 잠시 쉬어가도 좋습니다. 머릿속을 비우고 글을 다시 살펴보세요. 그러면 글이 응답해 줄 겁니다.

○ 글쓰기 습관을 위한 마음 다잡기 TIP

누군가에게 글을 읽어달라고 부탁하기 전에 내 글의 완성도가 어느 정도인지 따져봐야 합니다. 또한 지인에게 도저히 읽어달라고 부탁하기 어렵다면, 마음 가는 대로 따르세요. 다만, 며칠 동안 원고와 거리를 두는 '묵혀두기'의 시간을 가지는 것이 좋아요.

○

단어의 쓰임새 찾기

우리가 쓰는 단어는 얼마큼일까요? 사람마다 다르겠지만, 저의 경우 그리 많지 않습니다. 늘 쓰던 말을 하고, 읽는 것도 듣는 것도 취향에 따라 한정적이기 때문이죠. 일과도 대부분 매일 반복될 테지요. 일상생활이 일정한 만큼 쓰는 말도 거기서 거기입니다. 아마 많은 사람이 이러한 상황이지 않을까 싶어요. 독서를 중요시하는 이유 중에는 이러한 생활 방식이 한몫하지 않을까 합니다. 일상에서 잘 쓰지 않는 생소한 말들을 책에서 발굴하는 것이죠.

어휘력을 늘리려면 책이 가장 좋은 방법이라는 사실을 모르는 사람이 있을까요. 저 또한 편집자로 직업을 정한 이후로는 어휘력을 키우고자 보물찾기 하듯 단어를 찾아내곤 했어요. 원고도 마찬가지로 작가가 주로 쓰는 표현이 자주 등장하고는 합니다. 따라서 편집자로서 글이 지루하지 않게끔 표현을 알맞게 바꿔줘야 했어요. 그렇지 않으면 작가가 늘 쓰던 말만 담겼을 테니 제가 맡은 책들은 모두 단조로웠을 거예요! 책은 물론 영화, 드라마 그리고 예능 프로그램까지 단어를 발견하는 곳은 무궁무진했습니다.

그렇다면 그 말들을 모두 써먹었을까요? 그렇지 않았습니다. 아무리 메모를 한다고 해도 쓰지 않으면 잊고 맙니다. "세상에! 이런 단어가 있었나?" 첫인상이 반짝반짝 빛났던 단어라도 말이죠. 여러분은 "아 맞다, 이런 말이 있었지" 하고 깨달은 적이 있나요? 분명 글에 꼭 써보기로 마음먹었는데, 머릿속에 홀연히 그 단어가 사라졌을 때 말입니다. 쓰지 못한 단어라면 분명 이유가 있을 겁니다. 특히 일상에서 입 밖으로 꺼내어 쓰지 않는 단어라면, 그 단어의 쓰임새를 한번 살펴봐야 할 거예요.

　　최근에 저는 '희붐하다'라는 단어를 알게 되었습니다. 책을 읽다가 톡 하고 튀어나오더군요. '날이 새려고 빛이 희미하게 돌아 약간 밝은 듯하다'라는 뜻이랍니다. 같은 말로 '붐하다'라는 단어도 있더군요. 말맛이 좋아 머릿속에 보관해두었는데, 이 말도 어쩌면 금방 잊을지 모르겠네요. 제가 사는 세상에서는 주로 딱딱한 말을 쓰고 있어서 이 낱말을 갖다 쓰기 어렵거든요. 어쩌면 여러분도 이러한 이유로 그 단어를 잊게 된 것은 아닐까요? 쓰임새가 마땅치 않다는 이유로 말입니다. 그렇게 단어는 잊히고 맙니다. 희붐하다를 써먹어 볼까요? 가만히 머릿속으로 밝아오는 새벽을 그려보세요.

단어를 머릿속에 돌돌 굴려보며
쓸모를 찾아야 합니다.

일기에 써봐도 좋고, 새벽을 주제로 색다른 글을 써
봐도 좋습니다. 단어의 자리를 찾는 과정에서 글쓰기
에 점점 재미가 붙을 겁니다.

단어는 무조건 글로 만들어 놔야 잊히지 않습니다.

나중에 단어가 담긴 문장이 사라진다고 해도 말이
죠. 저 또한 이 책에 은근슬쩍 꺼내놓았으니 희붐하다
를 당분간 잊지 않을 것 같습니다. 저의 경우에는 희붐
하다라는 단어로 글쓰기 방법을 풀어낸 셈이군요.

이번에는 직접 국어사전에서 단어를 찾아볼까요?
같은 단어를 글에서 여러 번 반복해서 쓰고 있다면, 되
도록 다른 표현으로 바꾸는 것이 좋아요. 그렇게 하지

않으면 글이 단조로워 보이거든요. 이럴 때 국어사전을 참고하면 좋습니다. '찾아내다'라는 말을 여러 번 썼다고 가정해 보겠습니다. 국어사전에 찾아내다를 검색해볼까요? 찾아내다는 '찾기 어려운 사람이나 사물을 찾아서 드러내다'와 '모르는 것을 알아서 드러내다'라는 뜻을 가진 동사입니다. "냉장고에서 딸기를 찾아냈다." 이 문장에서 찾아냈다를 대신할 수 있는 쓸모 있는 말이 있을까요?

네이버 국어사전의 경우, 단어를 검색하면 뜻과 함께 유의어(뜻이 서로 비슷한 말)와 반의어(그 뜻이 서로 정반대되는 관계에 있는 말)를 소개합니다. '비슷한말'과 '반대말'이라고 풀어서 이야기할 수 있겠네요.

유의어와 반의어를 통해서
어휘력을 키울 수 있습니다.

아무튼, 찾아냈다를 대신할 수 있는 말이어야 하니 유의어를 살펴봐야겠군요. 찾아내다의 유의어는 다음과 같습니다. 발견하다, 들추어내다, 검출하다, 색출하다, 잡다, 물색하다, 알아내다. 두 가지 뜻을 가진 동사인 만큼 유의어가 풍부하네요. "냉장고에서 딸기를 찾아냈다"에 어울리는 단어는 무엇일까요? 네, 바로 '발견하다'입니다. 발견하다라는 말을 글에서 잘 쓰지 않는 사람이라면, 이번에 이 말을 써볼 수 있게 되었군요. 이참에 다른 유의어의 본뜻도 한 번씩 살펴보면 좋습니다. '찾아내다'의 각 유의어는 어떤 뜻을 가질까요?

한편 반의어를 알아두면 반대의 상황이 펼쳐졌을 때 다양하게 표현해볼 수 있습니다. 물론 유의어와 달리 바로 쓰지는 못할 거예요. 그럼에도 반의어를 알아두면 내가 쓰려던 말이 정확히 어떤 의미인지가 잘 와닿습니다. 단어가 선명해진다고 할까요? 때로는 부정문(부정의 뜻을 나타내는 문장)으로 의미를 강조할 때도 있는데, 이때 반의어가 큰 도움이 될 것입니다.

이쯤에서 예상한 사람도 있을 것입니다. 단어를 잘 알려면 책을 읽는 것도 좋지만, 국어사전을 가까이해야 한다는 사실을 말이죠. 국어사전은 단어의 쓰임새를 찾는, 가장 쉽고 빠른 방법입니다. 한편 쓰임새를 알기 전에 기억해야 할 점이 있습니다. 바로 단어의 뜻을 명확히 알기 전까지 그 단어를 쓰지 말아야 한다는 것입니다. 자칫하면 글이 엉성해질 뿐만 아니라 엉뚱한 방향으로 나아가게 되기 때문이죠.

특히 한자어가 어렵습니다. 몇 년 전 제가 헷갈렸던 단어가 있습니다. 바로 '재고再考하다'와 '제고提高하다'입니다. 재고하다는 '어떤 일이나 문제 따위에 대하여 다시 생각하다'라는 뜻이고, 제고하다는 '쳐들어 높이다'라는 의미입니다. 글자가 비슷하여 사람들이 종종 헷갈리는 단어 중 하나입니다. "냉장고의 딸기를 먹으려던 계획을 ○○했다" 여기에 어떤 단어가 들어가야 할까요? 당연히, 재고하다입니다. 제고하다로 쓰는 순간 딸기를 먹으려던 계획을 받들어야 할 것 같네요.

알면 알수록, 어휘력은 글을 풍성하게 만들어줍니다. 그렇지만 적재적소에 활용해야 제대로 빛을 발하겠지요? 단어가 엉뚱하게 쓰이면 오히려 글을 망칠 수 있습니다. 그렇기에 그 단어가 자신의 글에 어울리는지와 함께 단어를 살피는 눈을 키워야 해요. 오늘 그동안 차곡차곡 메모해둔 단어를 꺼내보면 어떨까요?

○ 글쓰기 습관을 위한 마음 다잡기 TIP

같은 단어를 반복해서 사용하면 글이 단조로워 보일 수 있어요. 따라서 평소에 국어사전을 가까이하면서 '어휘력을 키우고', 다양한 단어를 통한 '표현 방법을 익히는 것'이 좋아요. 특히 유의어를 잘 활용하면 손쉽게 다양한 표현을 할 수 있어요.

○

치킨을 먹기로 했으니까
치킨을 먹는 거야

"이야기가 왜 이렇게 이어지는 거야?"

자신의 글을 보여주었다가 도저히 이해하지 못하겠다는 상대방의 표정을 본 적이 있나요? 마치 마른하늘에 별안간 벼락이 떨어진 거 같다는 상대방의 반응을 보고서, 여러분의 마음에도 벼락 하나가 쿵 하고 떨어졌을 테지요. 나는 충분히 잘 설명한 것 같은데 말입니다. 상대방은 글쓴이의 허망한 표정을 알아채고는 넌지시 달래듯 이야기합니다.

"조금만 설명을 덧붙이면 좋겠어."

여기서 갑자기 저에 대해 고백하자면, 저는 성격이 굉장히 급합니다. 시간이 부족하다 느껴지면 자신을 마구 채찍질하지요. 부랴부랴 작가의 원고를 살피고 서둘러 제가 쓰던 글을 마무리 짓습니다. 여러분이 예상한 대로, 결과는 신통치 못했습니다. 원고를 다시 살피느라 시간을 더 써야 했고, 제가 써놓은 글도 미흡하다는 평가를 받았어요. 뒤늦게 조급한 성격을 고치느라 애먹는 중입니다. 제가 앞서 서둘러 글을 끝맺을 필요가 없다고 이야기한 이유가 여기에 있습니다. 저처럼 서둘러 결과물을 얻고 싶은 사람에게는 마감은 자칫하면 스스로 만든 함정이 될 수 있습니다. '주마간산走馬看山', 말 그대로 자세히 살피지 않은 채 슬쩍 보고 지나갈 수 있지요. 자신의 글에 대해서도 말입니다. 오히려 자신의 글이기에 다 안다고 생각하고 놓치는 것이 많습니다.

느긋한 성격을 가진 사람이라도, 누구든 글을 쓰며 자주 오해에 빠질 수 있습니다. 바로, "이만하면 되겠지?" 하고 넘어가는 것이죠. 마음속에 그 문장을 떠올리지 않더라도, 많은 사람이 무의식중에 상황을 묘사하거나 근거를 풀어내다가 멈춰버립니다. 글쓴이에게 이야기(또는 자신의 주장)가 그렇게 흘러가는 건 당연한 일이기 때문이죠. 오히려 문장을 보충하는 것을 주저리주저리 하소연하는 일처럼 느끼기도 합니다. 물론 그럴 때도 있지요. 하지만 쓰지 않고 넘기는 것보다는, 우선 써본 다음에 넣을지 말지를 고민하는 게 좋아요. 판단하는 과정을 한 번 더 거치면서 글의 완성도를 높일 수 있거든요.

"이만하면 되겠지?" 하고 속단하는 것은 우리가 무의식중에 많은 선택지를 두고 고민했음에도 그 고민의 과정을 잊는 것과 같아요. 늦은 밤 치킨이 먹고 싶어졌을 때 저녁을 먹었는데 왜 야식이 당기는지, 유독 많은 야식 중 하필이면 치킨인지 우리는 크게 고민하지 않습니다. 치킨을 먹기로 어느샌가 결론이 나버렸거든요. 당연하다는 듯 치킨을 먹으면 되는 겁니다. 그런데 알고 보면, 그 시간에 배달이 되는 음식이 치킨뿐이라든가, 밀가루 음식은 몸에 받지 않는다든가 하는 나름의 이유가 있을 겁니다. 하지만 그걸 곱씹어 보지 않죠. 물론 그래도 됩니다. 하지만 글쓰기에서는 그럴 수가 없습니다. 현실에서는 종종 앞뒤가 맞지 않는 일이 일어나더라도, 글에서는 원인과 결과가 맞아떨어져야 합니다. 그래야 독자를 설득할 수 있어요. 문제는 글쓰기에서 현실처럼 얼렁뚱땅 일이 전개된다는 겁니다.

글쓴이라면 우선 자신의 머릿속에 글이 어느 방향으로 흘러가서 어떠한 결론을 맺을지 대강 그림을 그려놓은 상태일 거예요. 문제는 이렇게 스케치한 것들이 굉장히 두루뭉술하다는 것입니다. 소설의 경우라면, 머릿속에 주인공이 거니는 산의 풍경이 짠하고 펼

쳐지겠지요. 그런데 군데군데 허술합니다. '산'이라고
만 써놓았을 뿐, 얼마큼 높은지 또 어떤 꽃나무들이 자
라는지에 대한 설명은 없는 것이죠. 물론 소설에서 산
이 그리 중요한 요소가 아닐 수 있습니다. 하지만 '산'
이라는 한 글자만 떠올려서 만들어낸 대략적인 아이디
어만 남겨두고 다음으로 넘어가서는 안 돼요. 철사 뼈
대에 찰흙을 붙이듯 산에 설명을 더해야 합니다. 설명
이 충분하다 싶으면 다음 단계로 넘어가면 돼요.

배경 묘사는 어쩌면 그리 중요하지 않을 수 있습니
다. 하지만 주인공의 행동을 묘사할 때는 특히 이것저
것 잘 따져보아야 합니다. 주인공이 모험을 떠나야만
전개되는 소설을 쓴다고 해볼까요. 작가는 마음이 급
합니다. 모험을 시작한 이후 재미난 이야깃거리들이
쏟아지는데, 얼른 그걸 풀어내고 싶거든요. 그래서 주
인공이 모험을 떠나는 것을 당연하게 여기고 훌쩍 넘
어가는 오류를 범할 수 있습니다. '주인공은 모험을 떠

나기로 했다'라는 식으로요. 주인공은 인형극의 마리오네트처럼 자신의 의지와 상관없이 멀고 먼 모험을 떠납니다. 드라마나 영화에서 극을 풀어나가기 위해 기둥 뒤에서 주인공들의 대화를 엿듣는 악인이 불현듯 등장하는 것도 이와 마찬가지입니다. 개연성을 포기하더라도 우선 다음 사건으로 넘어가는 것이 중요하다고 넘겨버리는 경우죠. 드라마 주인공들은 굳이 사방이 탁 트인 곳에서 중요한 이야기를 큰 목소리로 나누고, 악인은 하필 그 앞을 지나갑니다. 딱히 볼 일도 없는데 지나가는 거라면 시청자도 금방 눈치채고 말 테지요. 그걸 보는 시청자는 어떤 생각을 할까요?

자신의 주장을 펼칠 때도 근거, 즉 이유를 붙인다는 점에서 소설과 크게 다르지 않아요. 그렇기에 글을 쓰면서도 당연하다고 여기는 것이 왜 당연한지 따져봐야 해요. 예를 들어, 나는 당연하게 야식 메뉴로 치킨을 정했는데 가족의 반응이 시큰둥합니다. 다른 메뉴를 시켜보자는 사람부터 아예 야식을 먹지 말자는 사람까지. '치킨은 진리니까'라는 우스갯소리는 도저히 통하지 않을 분위기입니다. 어떻게 하면 야식으로 치킨을 먹을 수 있을지 각자 한번 생각해 볼까요?

이제 당연하게 생각했던 것들에
이유를 붙이는 연습을 시작해야 합니다.

여기서 제가 이야기하고자 하는 것을 한마디로 정리하자면 '나만의 생각을 다른 사람도 이해할 수 있도록 풀어내기'입니다. 설명과 이유를 덧붙이는 연습은 다소 지루합니다. 저 멀리 내가 하고픈 이야기들이 쌓여 있는데, 설명과 이유에 발목 잡힌 것처럼 여겨질 수도 있지요. 하지만 다른 사람에게 읽히는 글을 쓰고자 한다면, 감내해야 할 과정입니다.

팁을 하나 주자면, 소설이나 신문 기사에서 이러한

부분을 중점적으로 살펴보면 좋아요. 한번 읽은 글이라도 어느 부분에 무게 추를 두느냐에 따라 또 다른 것들이 눈에 들어오지요. 자신의 세계를 공고히 하고 또 자신의 주장을 튼튼히 다지기 위해 많은 작가와 기자가 세심히 글을 살피고 다듬습니다. 특히 기사의 경우라면 첫 번째 문단만 읽고 넘어가지 말고 기사 전체에서 기자가 말하려는 의미를 발견해 내는 것이 좋습니다. 주마간산하지 않는 것이죠. 그러고서 자신의 글을 다시 살펴보는 겁니다. 쓸 만큼 쓴 다음 자신에게 물어보세요.

"이 정도면 되겠지?"

○ 글쓰기 습관을 위한 마음 다잡기 TIP

우리가 살아가면서 무의식중에 선택의 과정을 거치듯, 글에서도 이러한 선택의 과정이 발생합니다. 다만, 누군가가 이를 이해할 수 있도록 충분한 설명이 뒷받침되어야 해요. 나에게는 당연한 것이 다른 사람에게는 그렇지 않을 수 있음을 기억하세요.

○

자신의 글을
한마디로 정의할 수 있나요?

책이든 영화든 잘 만들어진 작품은 단 한마디로 자신을 소개합니다. 주제라고도 할 수 있고, '로그라인(이야기의 방향을 설명하는 한 문장)'이라고도 할 수 있겠네요. 명작을 접하면 누구든 이 작품에 무엇이 담겨 있는지 한 문장으로 쉽게 정리할 수 있습니다. 그렇다면 여러분의 글은 어떤가요?

루이자 메이 올콧[3]의 소설 《작은 아씨들》을 한마디로 말하자면, '남북전쟁이 한창이던 19세기 후반, 메

그, 조, 베스, 에이미 네 자매가 우여곡절을 겪으며 각자의 방식으로 성장해가는 이야기'라고 할 수 있습니다. 루이스 캐럴[4]의 작품 《이상한 나라의 앨리스》도 한마디로 정의해 볼까요? '시계 토끼를 쫓아갔다가 토끼굴에 빠져 갑작스레 이상한 나라에 떨어진 앨리스의 모험 이야기'. 아마 다들 비슷비슷하게 떠올리지 않았을까 싶네요. 여기서 제가 이야기하려는 핵심은 이렇습니다.

글의 주제를 명확히
드러낼 수 있어야 합니다.

'이 글은 이러한 내용을 담고 있어' 하고 말이죠. 우리는 일상생활에서 알게 모르게 이러한 연습을 하고 있습니다. "지난번에 본 영화는 무슨 내용이야?"라고 친구가 물으면 한두 마디로 간단히 알려주지요. 또한, 독후감을 쓸 때도 '이 책은 이러저러한 내용이다'라고 초반에 설명합니다. 그 때문에 글에 대해 몇 마디로 정의를 내리는 걸 어려워하는 사람은 별로 없을 듯싶네요. 따라서 여러분의 글도 단 한마디로 정리할 수 있으면 좋습니다. 물론 앞에서 이야기한 《작은 아씨들》처럼 문장이 조금 길어진다고 해도 말이죠. 주제를 의식해서 글을 쓰다 보면 주제에 글을 맞추기 때문에, 따로 걱정할 필요는 없을 듯해요.

원고를 단 한마디로 설명할 수도 있지만, 문단마다 무엇을 담고 있는지 정의를 내릴 수도 있어요. 이는 특히 글을 쓰는 과정에서 매우 유용하죠. 아마 여러분은 문단마다 주제를 알아내는 것에 익숙할 겁니다. 국어 문제집을 풀다 보면 종종 문단마다 무엇을 담고 있는지 묻는 문제를 만나기도 하잖아요? 그것과 매우 비슷한 과정이라고 보면 됩니다.

그렇다면 글을 쪼개볼까요? 문단마다 어떤 것을 이

야기하려는지 이름표를 붙이는 거예요. '뱁새'에 대한 글을 쓴다고 가정해 보겠습니다. 먼저 뱁새가 어떠한 조류인지 알아봐야겠지요? 그럼, 처음에 뱁새의 정의를 적는 겁니다. 다양한 곳에서 뱁새의 정보를 모아야 겠지요? 우선 표준국어대사전에 따르면, 뱁새는 이러한 새라고 합니다.

> 오목눈잇과의 하나. 등 쪽은 진한 붉은 갈색, 배 쪽은 누런 갈색이고 부리는 짧으며 꽁지는 길다. 매우 민첩하고 4~7월의 번식기를 제외하고는 30~50마리가 떼를 지어 관목 지대나 덩굴 등지에서 곤충이나 거미를 잡아먹는다. 우리나라에는 흔한 텃새이다.

뱁새 소개를 끝마치고 보니, 다음으로 이 작은 새와 관련한 속담을 이야기하고 싶어집니다. '정의'에서 '속담'으로 주제가 바뀌니, 당연히 문단을 나눠야겠죠?

'뱁새가 황새를 쫓다가 가랑이 찢어진다.' 이 속담의 숨은 뜻을 찾아보고, 뱁새와 황새의 몸집과 다리 길이도 비교해 봅니다. 이 속담에 대한 나만의 생각도 털어놓아 볼까요? 살짝 빗나가는 이야기지만, 개인적으로 한 걸음에 황새를 따라가지 말고, 총총 빠른 걸음으로 여러 번 다리를 움직여 따라가면 뱁새의 다리가 굳이 찢어지지 않을 것 같습니다. 어쨌든 황새를 쫓아간다는 목적을 지키는 것이니까요.

이렇듯 글쓰기 계획을 세우고 차근차근 쓰다 보면 어느 글이든 큰 문제 없이 완성할 수 있어요. 하지만 모든 글이 계획대로 이루어지지 않지요. 자신도 모르게 옆길로 샐 수 있고, 즉흥적으로 글을 쓰다가 엉뚱한 목적지에 다다를 수 있습니다. 그걸 막기 위해, 글을 쓰는 틈틈이 문단마다 어떠한 내용을 담고 있는지 정의 내릴 수 있어야 합니다.

이러한 습관은 글을 다듬을 때도 꽤 쓸 만합니다. 예를 들어, 뱁새의 정의보다는 뱁새와 관련한 속담이 먼저 등장하는 게 더 흥미로워 보일 수 있지요. 그렇다면 문단의 위치를 서로 바꾸는 겁니다. 위치를 바꾼 다음에는 다시 글을 읽어보며 두 문단이 매끄럽게 이어지도록 매만지면 간단히 마무리됩니다. 이렇듯 중간중간 문단의 위치를 바꿔도 좋지만, 일단 글을 다 써놓은 상태에서 문단마다 간단히 메모를 붙여두면, 글 전체에서 부족한 점이 무엇인지 손쉽게 파악할 수 있습니다. 길에서 벗어난 이야기도 금방 찾아낼 수 있지요.

문단을 이리저리 조합하다 보면, 한 가지 의문을 떠올릴 수도 있을 것 같네요. "굳이 순서대로 이야기할 필요가 있을까?" 하고 말이지요. 소설이나 영화 등에서 시간순이 아닌 대중의 이목을 사로잡을 요소부터 차례로 드러내는 경우를 종종 볼 수 있습니다. 제멋대로 흘러가는 시간 속에서 작가는 명확하게 이야기를 전하고, 독자(또는 관객)는 그것을 머릿속에서 시간순으로 다시 정리합니다. 특히 영상이 익숙한 요즘에는 옛 소설처럼 상황 묘사가 자세한 편은 아닙니다. 영상의 연출을 그대로 글로 옮기는 경우도 흔합니다. 영상에서는 마치 시간대가 한순간에 바뀌는 것 같지요. 그러나 제대로 따져보면 여러 가지가 다 같이 바뀌는 것입니다. 하늘 모양이든 빛의 세기든 지나가는 사람이든 말이지요. 그것들을 잘 골라내서 글에 녹여 낼 수 있어야 해요.

물론 흥미로운 것부터 보여주면 독자가 단숨에 글에 빠져들겠지만, 초보 작가에게는 그리 쉬운 방법은 아니에요. 자칫하면 어지러워 보일 수 있거든요. 그럼에도, 먼저 문단(또는 부분)마다 무엇을 이야기하는지 이름표를 붙여두는 과정을 연습하다 보면 훗날 잘 해낼 것이라 믿습니다. '이런 걸 왜 적어두었더라?' 메모장을 보며 이런 생각이 들었던 적 있나요? 번뜩 재미있는 아이디

어가 떠올라서 무작정 글을 쓰기 시작했다면 더욱,

'정의를 내리는'
글쓰기 습관을 들여야 합니다.

아이디어를 후루룩 풀어낸 다음에 여기서 내가 무엇을 이야기하려 했는지 다시 한번 살피고 이름표를 붙이는 것이죠. 하나의 이름표를 붙일 수 없으면 부분마다 여러 이름표를 붙이면 됩니다. 그렇게 이름표를 단 아이디어들은 버릴 것이 하나 없습니다. 이것들은 언젠가 여러분의 새 글을 든든히 채워줄 테니까요.

○ 글쓰기 습관을 위한 마음 다잡기 TIP

문단마다 이름표를 붙여서 무엇을 설명하려는지 표시해두면 이후 글을 고쳐 쓸 때 큰 도움이 됩니다. 또한 흥미나 중요도 등을 따져 문단의 순서를 쉽게 바꿀 수 있어요. 틈틈이 생각난 아이디어에도 이름표를 붙여두면 좋습니다.

○

쓰고 싶은 글,
읽고 싶은 글

혹시 그런 적 있나요? 쓰고 싶은 글과 읽고 싶은 글이 서로 다를 때 말이에요. 예를 들어, 평소 추리 소설을 즐겨 읽는데, 정작 쓰고 싶은 글은 말랑말랑한 연애 소설인 경우죠. 무언가를 읽을 때는 미궁의 사건을 긴박하게 풀어나가는 것이 흥미로웠지만, 내가 직접 글을 쓸 때는 가슴 설레는 첫사랑을 그려보고 싶은 것이죠. 그럴 때는 어떻게 하면 될까요? 답은 정해져 있습니다. 쓰고 싶은 것을 그저 쓰면 될 뿐이지요.

드라마를 좋아한다고 해서 모두 드라마 작가가 되

지 않듯, 쓰고 싶은 글과 읽고 싶은 글이 다르다고 해서 큰 문제가 일어나지 않습니다. 간혹 글을 쓰다 스스로 부족한 점을 발견할 수 있을 거예요. "연애 소설을 찾아 읽어봐야겠어" 하고요. 그럼, 찾아서 읽어보면 됩니다. 글을 쓰기 시작하면 알아서 글이 나에게 질문을 던집니다. 그 질문에 잘 대답하다 보면 어느새 자신의 부족한 점을 채울 수 있을 거예요. 이처럼 당연한 일인데, 저는 이에 대해 오랫동안 깊이 고민해왔어요.

"왜 나는 쓰고 싶은 글과
읽고 싶은 글이 다르지?"

한번 고민하기 시작하니 끝도 없었지요. 그러다 보니 내가 즐겨 읽는 책과 같은 분야로 글을 써야 한다는 강박 같은 것이 생겨났어요. 내가 좋아하는 데에는 그만한 이유가 있겠지 싶었던가 봐요. 실제로는 아무리 돌이켜봐도 그럴싸한 이유는 없었습니다. 다른 사람들도 마찬가지더군요. 소설가 중에 평소 소설 외 다른 분야의 책을 찾아 읽는 사람도 있고, 또 영화를 좋아하는 모든 사람이 영화 관련 직업을 택하지도 않았습니다. 주변을 돌아보면 금방 풀어낼 문제를 가지고, 꽤 오랫동안 고민한 셈이죠. 생각해 보니 꽤 허무한 결말이네요.

무엇을 쓰고 싶은지 영 모르겠다면 어떨까요? 이러한 고민을 하는 사람도 분명 있을 테니까요. 그럴 때는 무언가를 쓰고 있어야 합니다. 글을 써야만 자신의 글재주를 알아채듯, 자신이 무엇을 쓰고 싶은지도 알 수 있습니다.

일상의 모든 글쓰기를 소중히 대해주세요.

과제로 만나는 글쓰기든 매일 밤 짧게 적어 내려가는 일기든 말이에요. 페이스북이나 트위터, 인스타그램에 올리는 짤막한 글도 마찬가지입니다. 때로는 하기 싫고, 때로는 별것 아닌 듯한 글에 정성을 들여보세요. 예전 같았으면 한번 후루룩 쓰고 말았을 글이었다면, 이제는 한두 번 다시 읽어보고 조금씩 고쳐보는 겁니다. 나 혼자 읽고 마는 일기라도 남에게 보여준다고 생각하고 문장의 흐름이 어색하지 않은지, 지루한 문장을 쳐내고 요점을 바로잡았는지를 살펴보세요. 그러면서 깨닫는 것이죠. "아, 이런 글도 쓰다 보니 영 지루하지 않네" 하고 말이죠. 어쩌면 내가 그런 글에 강점을 보일 수 있어요. 평소 의무감으로 일기를 써왔다면, 정성을 기울여 쓴 자신의 글에 마음을 빼앗겨 본격적으로 수필을 써보기로 마음먹을 수 있지요. 아니면 짤막한 글에 자신감이 붙었다면 시 쓰기에 도전해볼 수도 있습니다. 그렇게 쓰고 싶은 글이 생겨나는 겁니다.

앞서 제가 쓰고 싶은 글이 있다고 했지만, 한때 변덕스러운 성격 탓에 쓰고 싶은 글이 자주 바뀌곤 했습니다. 그러다가 아예 처음으로 돌아가서 "나는 무엇을 쓰고 싶지?"라는 질문에 빠졌다가, 이윽고 "내가 무언가를 쓸 수 있기는 할까?" 하는 의심에 휩싸였지요. 그렇게 혼자 미로를 헤매면서 정작 글쓰기에 무심해졌고, 그나마 쥐고 있던 자신감도 연기처럼 사라져 버렸습니다.

불행 중 다행으로 저는 일을 하며 어쩔 수 없이 글을 써야 했는데, 슬럼프에 빠졌다고 해서 대충 쓸 수는 없는 상황이었습니다. 별생각 없이 그저 해내야 한다는 생각 하나로, 원고를 여러 번 읽고 자료를 찾아 모았습니다. 그러다 어느 순간 번쩍하고 깨달았죠! 그전까지 저는 누군가가 흥미를 보이고 정보를 얻을 수 있는 글에는 젬병이라 생각했어요. 여러 번 공모전에 떨어진 탓에 나만의 생각에 갇힌 건 아닐까 생각하며 자책하던 시기였죠. 그런데 출판사에서는 그러한 글들을 써야 했습니다. 제가 스스로 하지 못한다고 생각한 글을 말이죠. 독자에게 책을 알려야 했으니 당연한 일이었죠. 부딪히고 깨져가며 글을 쓰다 보니 조금씩 나아졌고, 부족한 실력이지만 용기를 내어 브런치에 글을 연재하기 시작했어요. 그렇게 제가 젬병이라고 생각한 글을 '쓰고 싶은 글'로 정하고 조금씩 써 내려가고 있습니다. 물론 읽고 싶은 글은 따로 있어요. 요새는 에세이를 즐겨 읽고 있지요.

편집자의 일 중에는 '방향 잡기'도 있습니다. 작가의 원고가 원래 계획과는 다른 방향으로 가고 있을 때 이를 알아채고 바로잡아주는 거예요. 이 점을 작가에게 이야기하면 가끔 이러한 반응이 돌아옵니다. "쓰다 보니 이렇게 됐는데, 이것도 괜찮지 않나요?" 아무리 계획을 세웠다 한들, 감을 잡지 못한 상태로 집필에 돌입하는 경우가 종종 있습니다. 편집자가 이러저러한 제안을 건네기는 하지만, 글쓰기는 작가의 몫이니 결론은 나지 않은 상태이죠. 이후 작가가 머릿속에 떠도는 생각을 하나둘 붙잡아 쓰면서 "아, 내가 이러한 글을 쓰고 싶었구나" 하고 깨닫습니다. 보통 이럴 때는 달라진 방향으로 직진합니다. 그편이 훨씬 낫거든요. 중요한 점은 이것입니다. 고민만 하지 말고, 우선 무엇이라도 쓰고 있었다는 것. 여러분, 글쓰기 습관이 이렇게나 중요합니다.

○ 글쓰기 습관을 위한 마음 다잡기 TIP

읽고 싶은 글과 쓰고 싶은 글이 다를 경우에는 쓰고 싶은 글을 선택하는 편이 좋아요! 글을 쓰다 보면 자신에게 무엇이 부족한지 알고 이를 대비하게 됩니다. 또한 무엇을 쓸지 잘 모르겠다면, 우선 일상에서 작은 글이라도 쓰고 있는 게 낫습니다.

일상에서 찾는
재미있는 글감

TMI도 괜찮아

일상에서 우연히 마주친 아이디어는 어쩌면 별것 아닌 듯 보일지도 모릅니다. 혹시 어떤 아이디어를 떠올리고 "이건 누구나 다 생각할 만한 아이디어야"라고 혼잣말을 내뱉은 적이 있나요? 아이디어가 떠오르자마자 중요한지 아닌지 바로 따져보고서 메모하지 않고 넘기는 경우 말이에요. 그렇다면 그 아이디어는 과연 중요하지 않은 걸까요? 중요한지를 따지기에 앞서, 이 말부터 전하고 싶습니다. 조금의 쓸모가 있다면 우선 그 아이디어를 모아놓아야 한다고요.

손바닥에 눈을 뭉쳐가며 굴리다 보면 어느새 커다란 눈덩이가 되고, 그 눈덩이로 눈사람을 만들 수 있듯이 말입니다. 아이디어를 모으는 단계에서부터 이것저것 걸러내기 시작하면 나중에 얻을 것이 없어요. TMI, 즉 군더더기처럼 보이는 아이디어라도 괜찮아요. 우선 여기저기서 쓸 만한 것들을 긁어모아 보세요. 익숙해 보이는 것들이라도 말이죠.

제 일과 중 하나는 글감을 찾는 것입니다. 홍보 문구로 좋을 쓸거리를 찾는 과정으로, 원고와 관련한 다른 책이나 기사를 찾아서 탐독하곤 합니다. 그때마다 가장 많이 드는 생각은 이겁니다. "아, 이거 알고 있던 건데" 색다르고 창의적인 표현보다는 익숙하고 평범한 단어가 눈에 띄죠. 너무 낯익은 나머지 한쪽으로 치워 놨던 것들을 오히려 다른 사람들은 잘 활용하여 여기저기에 써먹고 있었어요. 익숙하고 평범한 것들이 오히려 잘 쓰이는 법! 조금 어렵다고 느껴지면 전달력이 다소 떨어져서 많은 사람에게 와닿기 힘들거든요.

한 예로, 저는 '이 책은 읽을 만하다'라는 의미를 전하고 싶을 때, '흥미롭다'는 말을 즐겨 썼어요. 그러다 보니 제가 맡은 책 모두, 흥미진진한 책이 되어 있더라고요. 전혀 흥미로워 보이지 않았어요. 그리하여 다른 표현을 찾아 여기저기 헤매기 시작했습니다. 흥미를 대체할 만한 단어가 쏟아졌는데, 제 머릿속 한쪽에서 맴돌다가 나오지 못한 것이 대부분이었어요. '뛰어나다' '탁월하다' '매력적이다' '독특하다' '섬세하다' 등. 책의 강점을 어느 것에 두느냐에 따라 쓸 수 있는 표현도 달라졌지요. 보다시피, 예로 든 말들은 그리 특별하지 않습니다.

초보 작가가 하는 실수 중에는 '엉뚱한 표현 쓰기'

가 있습니다. 원고와 맞지 않거나 평소 활용하지 않던 표현을 갑자기 가져오는 경우입니다. 독자에게 신선하게 다가가고 싶은 마음에 글과 어울릴지 미처 생각하지 못한 것이죠. 실제로 이러한 원고를 읽으면 어색한 표현 하나가 번뜩 눈에 들어와 다른 것에는 시선이 잘 가지 않습니다. 또한, 이럴 때는 대체로 문장이 길어집니다. 작가가 엉뚱한 표현을 어떻게든 쓰고 싶은 나머지 차마 덜어내지 못하기 때문입니다. '이곳은 신비롭고 불가사의한 분위기의 미스터리로 가득했다.' 극단적인 예지만, 이렇듯 문장이 늘어지는 경우가 종종 생기는 것이죠. 보통 이럴 때는 원고에 섞이지 못한다는 이유로 지우거나 다른 표현으로 대체됩니다.

다른 사람이 쓴 창의적인 표현은 "아, 이런 표현이 있구나" 하고 자신의 글쓰기에 자극을 주는 정도면 충분합니다. 억지로 따라 하려다 보면 내 몸에 맞지 않는 옷을 입는 셈입니다. 입기 불편한 옷은 언젠가 옷장 한 구석으로 밀려나듯이, 아무리 재치 있는 표현이라도 나의 글에 어울리지 않으면 쓸모없습니다. 나중에 찾게 되는 것은 익숙한 표현이죠. 알게 모르게 입에 붙은 말이라 적재적소에 활용할 수 있고, 원고를 읽을 때 거부감도 덜하지요. 입에 붙지 않은 말은 겉보기에는 그럴싸해도 읽다 보면 금세 아쉬운 느낌이 듭니다.

독특하다고 해서 무작정 쓰면 안 되고,
알던 것이라고 해서 지나쳐서도 안 됩니다.

그렇다면 나만의 창의적인 표현은 어떻게 만들어야 할까요? 바로 일상에서 찾아낸 글감들을 계속해서 활용해 보는 것입니다. TMI라도 괜찮아요. 조금이라도 쓸모가 있어 보이면, 무조건 곱씹어 보면서 조금씩 변화를 줘보는 거예요. 관찰의 연속인 셈입니다.

프랭크 허버트[5]의 SF소설《듄》에는 작가가 마주한

시대상과 서양의 역사가 담겨 있다고 전해집니다. 미야자키 하야오[6]의 작품은 가상 세계를 다룰 때가 많지만 그럼에도 일본 사회에 대한 작가의 인식을 그대로 보여줍니다. 자신과 주변을 돌아보고 끊임없이 질문을 던졌기에 좋은 작품들이 탄생하지 않았을까요?

관찰을 바탕으로 아이디어를 조금씩 더해보세요. 아니면, 우선 글을 쓴 다음 메모해둔 것들로 보충하는 방법도 있습니다. 글이 막힌다 싶을 때 메모장을 열어보는 거예요. 그때 비로소 여러분의 TMI가 빛을 발할 겁니다.

○ 글쓰기 습관을 위한 마음 다잡기 TIP

익숙하고 소소한 일상의 아이디어가 오히려 글쓰기에 도움을 줄 수 있어요. 친숙한 아이디어일수록 내 글에 잘 녹아들기 때문이죠. 그러니 아이디어에서 조금의 쓸모라도 엿보인다면 지나치지 말고 꼭 메모해두세요.

○

익숙한 것도
잘 쓰면 뻔해 보이지 않아요

‘클리셰cliché’라는 말이 낯설지 않은 요즘입니다. 창작에 관심 없는 사람이라도 들어봄 직한 이 말은 ‘진부하거나 틀에 박힌 생각’을 일컫습니다. 때로는 드라마나 영화에서 매번 등장하는 따분한 공식을 정의하기도 하지요. 그런데 클리셰가 꼭 나쁠까요?

색다르게 느껴지는 이야기도 들여다보면
우리에게 익숙한 요소로 채워져 있습니다.

J. R. R. 톨킨[7]의 3부작 소설 《반지의 제왕》, 리하르트 바그너의 4부작 악극 「니벨룽겐의 반지」, 마블 코믹스의 〈토르〉. 이 세 가지 작품은 북유럽 신화를 배경으로, 독창적인 이야기를 펼쳐나갔다는 공통점이 있습니다. 토르, 로키, 오딘 등 우리에게 익숙한 이름들이 모두 북유럽 신화에서 나왔다는 사실은 이미 널리 알려졌지요. 소설부터 만화까지, 저명한 작가들은 낯선 즐거움 대신 익숙한 재미를 찾았습니다. 신화, 전설, 민담과 같은 설화說話는 오랫동안 전해져 내려오며 전 세계 사람들의 마음을 사로잡았죠. 이러한 이야기에는 현재 우리에게도 솔깃한 소재가 가득하고, 이러한 소재를 통한 창작 기법은 현재도 유효합니다. 영화로도 만들어진 웹툰 「신과 함께」에서는 오래전부터 전해 내려왔던 이승과 저승에 관한 설화가 담겨 있습니다.

이처럼 독자에게 읽히려면 누구나 공감할 법한 요소가 들어가기 마련입니다. 남들은 따라 할 수 없는, 나만의 세계를 구축하기 위해 너무 애쓸 필요는 없어요. 괜한 고집을 부렸다가는 배경을 이해하는 데 시간이 꽤 걸리는 바람에 독자가 이를 견디지 못하고 여러분의 글을 떠날 수 있어요. 물론 독특한 세계관을 만들어내는 것도 흥미로울 테지만, 앞서 살짝 이야기했듯 우리가 살아가는 세상을 바탕에 두어야 해요. 그래야 설득력을 높여 뜬구름 잡기처럼 느껴지지 않거든요.

소재를 찾기 어렵다면 재미있게 읽은 설화를 하나 떠올려보세요. 여기에 자신만의 생각을 조금씩 보태는 겁니다. 실수로 연못에 도끼를 빠뜨린 나무꾼, 그런데 도끼를 되찾을 마음이 전혀 없다면 어떻게 될까요? 금도끼와 은도끼를 들고 황당해하는 산신령을 뒤로한 채 산에서 내려오면서 나무꾼은 무슨 생각을 할까요? 엉뚱한 예를 들었지만, 설화는 상상력의 토대가 되어줄 겁니다. 이러한 방식으로 소설이나 드라마, 영화 같은 작품에서 영감을 얻는 것도 좋습니다.

다들 경험해본 적 있겠지만, 무작정 쓰는 것이 기존 작품에서 아이디어를 가져오는 것보다 백배 어렵습니다. 문장 하나에서 영감을 얻더라도, 그것이 어느 날 머릿속에 툭 박힌 생각보다 믿을 만한 구석이 있는 것 같죠. 물론 이러면 나만의 작품을 완성할 때까지 글을 계속 갈고닦아야 합니다. 그렇지 않으면 모방에 불과하지요. 즉, 성공적인 도움닫기를 통해 추진력을 얻지만, 완주할 때까지는 자신의 지구력으로만 힘차게 달려나가야 하는 셈입니다. 힘들고 지치지만, 도움닫기의 힘으로 평소 같았으면 멈췄을 거리를 지나 더 멀리 나아갈 수 있습니다.

중요한 것은 쓰다 보면 자연스레 나만의 세계가 만들어지고, 그 안에서 주인공이 능동적으로 움직인다는 사실이에요. 아무리 머리를 굴려도 아이디어가 도저히 떠오르지 않을 때는 그저 글쓰기에 집중하는 것이 바람직합니다. 글쓰기 자체가 아이디어를 얻는 과정이 되어야 하는 셈이죠. 조금이라도 뛰지 않으면 단지 멈춰 서 있을 뿐이니까요. 드라마를 보다가, 책을 읽다가 불현듯 떠오른 생각들로 글을 시작해보세요. 이럴 때 아이디어 노트가 도움이 됩니다. 뻔해 보이는 내용이라도 우선 써놓은 다음, 아이디어 노트에서 괜찮은 것들을 하나둘 찾아내 덧붙이는 것이죠. 틈틈이 써놓았던 아이디어들은 내가 평소에 어떠한 관점으로 세상을 바라보는지 증명합니다.

'나만의 생각'이라는 살을 덧붙여 뻔한 이야기를 독창적인 글로 완성할 수 있습니다.

이 과정에서 내가 무엇을 쓰는지에 대해 늘 명심해야 합니다. 영감을 얻고 글을 쓰더라도 엉뚱한 방향으로 가고 있는 건 아닌지 주변을 틈틈이 돌아보세요. 감명 깊게 읽은 작품에 나의 글이 흔들리고 있는지 살펴봐야 한다는 의미입니다. 이때 그동안 모아 놓은 아이디어들이 도움이 될 거예요. '이 문장은 어떤 아이디어에서 발전했을까?' 되짚다 보면, 그것이 기존 작품에서 영향을 받았는지 내 머릿속에서 툭 튀어나왔는지 단번에 알아챌 수 있습니다.

　또한, "내 글은 세상에 나온 기존 작품과는 다른 방향으로 진행할 거야"라면서 무조건 다른 방향만 고집하다 자신의 글이 어디로 흘러가는지 놓쳐서는 안 됩니다. 연못에 빠뜨린 도끼를 내버려두고 새 직업을 찾기로 한 나무꾼이 어느 순간 산신령 앞에 서서 도끼를 달라고 하면 안 되겠지요? 사실, 여러분만의 생각을 더한다면 기존 작품과 방향이 같더라도 문제가 되지 않아요. 오히려 색다른 전개만 찾다가는 작가도 나무꾼도 산신령도 황당한 상황에 빠지고 맙니다. 만약 독특한 방식으로 이야기를 펼치고 싶다면, 이럴 때 나무꾼이 왜 다시 돌아와야 했는지 이유를 잘 만들어야 합니다. '색다른 직업보다 평소 무심히 해왔던 나무꾼이라는 직업이 천성에 맞더라'를 이야기하고자 한다면, 뭐 나름대로 이유가 되겠네요.

○ 글쓰기 습관을 위한 마음 다잡기 TIP

전설이나 민담 등 널리 퍼진 이야기 그리고 소설이나 영화 등 기존 작품에서 영감을 얻는 것도 좋은 방법이지요. 다만 글을 쓰다가 틈틈이 엉뚱한 방향으로 이야기가 전개되지 않는지 잘 살펴보아야 해요. 나만의 생각을 잘 덧붙이는 것이 중요합니다.

왜 드라마에서는 엿들을까요?

어느 드라마에서 갈등이 최고조를 향한다고 합시다. 이 드라마에서 사건은 미궁에 빠지고, 주인공은 막막한 상황에서 벗어날 조그만 실마리 하나조차 찾지 못합니다. 전지적 시점으로 모든 걸 꿰뚫고 있는 관객은 숨이 턱 막히고 가슴이 답답합니다. 이럴 때, 누군가 나타납니다. 바로 '엿듣는 사람'입니다.

주인공이든 악역이든 누군가의 비밀이 밖으로 전해져야만 이야기가 풀릴 때, 이 해결사들이 활약합니다.

주인공(또는 악역)은 괜히 큰 목소리로 비밀을 이야기하고, 해결사는 눈에 잘 띄는 근처에 숨어서 그 비밀을 엿듣습니다. 반대로 주인공이 우연히 비밀을 듣기도 합니다. 대체로 우연히 이루어지는 일들입니다. 화자話者는 굳이 비밀이라고 강조하면서 밖으로 새 나가지 않게 조심하라더니, 큰 소리로 또박또박 말하는 덕에 받아쓰기도 가능할 것만 같습니다. 그렇게 꽉 막힌 듯한 전개는 얼렁뚱땅 해결됩니다. 곧바로 사건의 진상이 밝혀지기는 하지만, 도통 개운해지지 않고 오히려 아쉬움만 남을 뿐이죠. 글에서도 이런 일이 비일비재합니다. 여기서 엿듣는 사람은 접속사입니다.

'그래서' '그러나' '하지만' 같은 접속사는
만능이 아닙니다.

웬만한 접속사라도 모든 상황을 이어주지는 못합니다. 혹시 할 말을 다 한 것 같은데 정해진 분량의 반절도 채우지 못했던 경험이 있나요? 보통 글쓰기에서 주어지는 분량은 첫눈에는 많아 보이지만, 막상 쓰다 보면 적절합니다. 에세이든 독후감이든 말이죠. 그 적당한 분량을 채우지 못했는데, 얼추 글은 잘 마무리된 것 같습니다. 그렇다면 나도 모르는 사이에 글 속에 엿듣는 이가 튀어나온 것이죠. 이럴 때 접속사를 살펴보아야 합니다.

작가는 글을 쓰기 전에 머릿속에 대략 그림을 그려 놓습니다. 그래야만 개요를 짜고 그에 맞춰 글을 써 내려갈 수 있기 때문입니다. 그럼에도 놓치는 것이 있습니다. 자연스레 설명을 보충하지 않는 것인데요. 앞서 설명했듯 무의식중에 "이 정도면 되겠지?"라고 여기며 넘어가는 실수입니다. 괜히 구구절절 늘어놓는다고 생각하는 것이죠.

이럴 때 접속사가 등장하여 다음을 향해 독자를 안

내하는데, 독자로서는 설명이 부족하여 이해하기 어렵다고 느낄 수 있습니다. 작가가 충분히 인식하고 있다고 해서, 독자가 모두 알 리는 없어요. 에세이의 경우, 일상생활을 시시콜콜하게 모두 이야기할 필요는 없지만, 그럼에도 몇 가지 힌트는 주어야 합니다. 무작정 떡볶이를 못 먹는다고 하면, 독자는 읽으면서 의아해할 거예요. 그다음에 이에 대한 이유를 붙여야 합니다. 매운 걸 잘 못 먹는다든지, 떡의 식감이 영 익숙해지지 않는다든지 말이죠. '나는 떡볶이를 잘 먹지 못한다. 그래서 김밥을 먹기로 했다' 정도로만 알려 주면 영 찝찝합니다.

개인적으로 이러한 실수는 조급함에서 비롯된다고 생각합니다. 얼른 글을 마무리하고 싶은 마음에 서둘러 달려나가는 것이죠. 빠른 속도로 글을 쓰는 것이 나쁘다는 의미는 아닙니다. 다만 이럴 때는 글을 여러 번 다시 읽어보며 고칠 것들을 찾아내야 합니다. 자신의 글을 다시 읽어보는 데 주저하지 않도록 인내심을 길러야 합니다. 글을 다시 읽는다는 건 꽤 지루한 일입니다. 포기하지 않고, 여러 번 시도하다 보면 인내심을 자연스레 기를 수 있을 것입니다.

접속사를 확인할 때는 접속사를 기준으로 앞뒤 문장이 부드럽게 이어지는지 눈여겨보아야 합니다. 접속사를 가린 채 문장을 다시 읽어보세요. '온종일 매섭게 비가 쏟아졌다. 그래서 밖에 나갈 엄두를 내지 못했다.' 우선 이 간단한 문장을 살펴볼까요? '그래서'를 가리고 보니 딱히 걸리적거리는 것은 없어 보입니다. 오히려 '그래서'를 지우고 문장을 고치는 게 나을 수도 있겠네요. '온종일 매섭게 비가 쏟아져서 밖에 나갈 엄두를 내지 못했다.' 이렇게 말이죠. 이처럼 문장이 잘 이어지는지 살펴보면서도 접속사가 굳이 필요할지 질문을 던져보세요. 글이 매끄러워질 거예요. 또한 접속사로 이어진 앞뒤 내용에 빈구석이 없는지 잘 살펴봐야 합니다.

앞서 말한 떡볶이처럼, 설명이 필요한 부분인데 접속사로 대강 이어 놓은 건 아닌지 들여다보세요. 문장에 근거가 없는지를 따져 본 후 그걸 어떻게 글에 녹여낼지도 고민해야 하지요. 복잡한 문장이거나 문단과 문단을 접속사가 연결하는 경우, 더욱 세심한 관찰이 필요합니다.

접속사를 남용하지 않으려면 우선 초고에서 분량 대비 많은 내용을 적어놓아야 합니다. 쓸거리가 많아지면 그것들을 정리하느라 접속사로 굳이 빈약한 내용을 묶을 여력이 없을 테니까요. 머릿속에 맴도는 생각, 평소에 메모해둔 것, 모아놓은 자료 등. 여러 가지를 글에 펼쳐보세요. 이를 위해서는 자주 읽고 보고 걸으면서 생각을 다져야 합니다.

어쩌면 드라마에서도 그동안 있었던 일들을 모두 끄집어내 샅샅이 살피다 보면 답이 나왔을 거예요. 아니면 그걸 알고서도 수고를 덜고자 엿듣는 사람을 투입했을 수도 있죠. 사실 엿듣는 사람에게는 딱히 잘못은 없지요. 다만 우연에 기대지 않고, 계획에 따라 움직였다면 모양새가 더 좋았을 겁니다. 여러분의 글에서도 계획 없이 움직이는 문장이 없는지 잘 살펴보세요.

○ 글쓰기 습관을 위한 마음 다잡기 TIP

접속사로 앞뒤 내용이 이어지는 경우, 글이 매끄럽게 이어지는지 잘 살펴야 해요. 설명이 부족하거나 근거를 제시하지 못했다면 문장을 보충해 주세요. 정해진 분량보다 많이 적어두면, 접속사로 대강 이어 놓는 불상사를 막을 수 있습니다.

노랫말에서 배우는 글쓰기

　몇 년 사이 발매되는 가요들을 살펴보면, 눈에 띄는 특징이 있습니다. 노랫말이 함축적이고 상징적이라는 겁니다. 3~4분의 분량에 의미를 전해야 하는 만큼 소설처럼 설명을 충분히 풀어내기는 어렵지요. 따라서 노랫말 사이사이가 어색하더라도 그것에 설명을 덧붙이지 않습니다. 오히려 멜로디와 리듬에 맞춰 노랫말이 나뉘어 있지요. 그에 따라 가사에는 주제를 드러내는 말들을 간단하고 명확하게 표현하고 있습니다. 물론 이는 최근 노래에만 있는 현상이 아닙니다. 몇 분 내에 자기소개를 마쳐야 하는 노래들은 당연히 필요한 것들을 취사선택할 수밖에 없어 보입니다.

가요에서도 영감을 얻을 만한 구석이 많습니다. 다양한 주제를 다루고 발 빠르게 대중의 관심사를 담아낸다는 점에서 노랫말을 읽고 감탄할 때가 있죠. 그럼에도 시나 산문 등에 활용하기 어려운 점도 없지 않아요. 최근에는 영어는 물론 의성어·의태어로 노래를 표현하다 보니 더욱 노랫말이 난해하게 느껴질 때가 많습니다. 가사만 따로 읽어보았을 때는 무슨 의미인지 파악하기 어려울 때도 있지요. 부연 설명이 필요해 보이기도 합니다. 그러나 많은 사람이 문제없이 가사를 이해하고, 심지어 숨은 의미까지 찾아냅니다. 어떻게 된 일일까요?

같은 언어를 공유한다면, 연결 고리가 다소 미흡하더라도 듣는 이가 노래를 이해하는 데 큰 지장은 없어

보입니다. 영어가 포함되어 있다 해도 우리말 가사에 충분한 내용이 담겨 있다면 문맥을 파악할 수 있지요. 또한, 노래에는 가사 이외에도 여러 요소가 들어갑니다. 멜로디가 선사하는 분위기가 있고, 뮤직비디오나 공연에서 펼쳐지는 무대 연출은 노래에 몰입하게 만듭니다. 그 때문에 노랫말 자체로 노래를 평가하기에는 무리가 있습니다. 아무리 디자인이 가미된다 해도, 하얀 바탕에 검은 글씨로 이루어진 글과는 비교하기 어렵지요. 특히 음악에 문외한인 제가 함부로 나설 일은 아닙니다.

아무튼 노래의 이러한 특징은 글쓴이를 착각에 빠트리기 쉽습니다. 핵심만 명확히 전달하는 것이 좋다고 말이죠. 어떻게 보면 핵심만 알려주고 '건너뛰기'를 하는 셈입니다. 특히 이러한 현상은 한때 크게 유행했던 인터넷 소설에서 종종 등장한 바 있지요. 독자에게 빠르게 읽히기를 바라다 보니 인물과 장소에 대한 소개는 물론, 상황에 대한 설명도 부족합니다. 당시 독자의 호응을 얻었던 것으로 보아 이러한 글에 대한 수요가 있었던 것으로 보입니다. 그렇다면 이러한 글을 써도 좋지 않을까요? 물론 그러한 작법에 소질이 있는 사람도 있겠지만, 개인적으로 글쓰기를 이제 막 시작한 초보 작가라면 처음부터 이 방식을 염두에 두지 않았으면 합니다.

요약과 상징이 필요한 때는
글을 1차로 완성한 이후입니다.

이는 글을 쓰기 전에 어떻게 내용을 구성할지 개요를 짜는 것과는 다른 일이죠. 요약은 말 그대로 독후감에서 작품의 줄거리를 간추린 것에 가깝습니다. 상징은 작품을 읽고 난 후 의미를 부여하는 것이라고 할 수 있지요. 둘 다 글을 쓴 다음에 해야 할 행동입니다. 초고를 쓸 때부터 요약과 상징을 염두에 둘 필요는 없습니다. 오히려 그것들에 사로잡혀 필요한 것들이 반영되지 않아 내용이 빈약해질 수 있어요. 빠르게 썼다고 좋아했다가 나중에 글을 고치는 시간이 몇 배로 들 수 있지요. 음악의 세계는 잘 모르지만, 아마 노랫말을 지을 때도 글을 어느 정도 쓴 다음에 요약과 상징이 들어가지 않았을까요? '아, 이런 식으로 다듬어서 주제를 표현하면 좋겠다'라고 말이죠.

글의 방향은 언제든 달라질 수 있습니다. 어느 순간 돌아보니 엉뚱한 길 위에 서 있을 수도 있어요. 아예 되돌아와야 하는 상황이 아니라면, 여러분은 그 방향으로 다시 걸어갈 것입니다. 어쨌든 도착점에 이를 수 있다면 말이죠. 요약과 상징은 그 도착점에서 이루어져야 합니다. 노래든 시든 소설이든 마찬가지이죠. 전문 작가라면 처음부터 핵심을 잡고 글을 써 내려갈 수도 있겠습니다만, 초보 작가는 이것부터 바로 도전할 필요는 없습니다. 앞서 이야기한 대로 꾸준히 글을 쓰고 충분한 분량에 도달하면 주제에 맞게 다듬으면 됩니다. 장담할 수는 없지만, 이것이 초보 작가에게는 더 쉬운 방법이며 시간도 짧게 걸릴 거예요.

훌륭한 작품으로 평가되는 것들에는 공통점이 있습니다. 요약하듯 주제를 중심으로 하여 필요한 것들만 전달하고, 주제를 명확히 드러낼 수 있는 상징을 활용한다는 점입니다. 마치 영화나 드라마처럼 말이죠. 영화에서 주인공이 어떠한 행동을 한다면, 나중에 복선처럼 그에 관련한 장면이 등장합니다. 주인공이 별안간 아무 이유도 없이 화장실에 가지는 않으니까요.

세상에 나오는 많은 글에는
이처럼 필요 없는 것들을 걸러내는 과정이
포함되기 마련입니다.

아이디어를 잔뜩 글에 풀어낸 다음, 다듬어가는 과정 말이죠. 여러분은 지금 걸러내기 전 과정을 거치고 있는 겁니다. 괜히 글이 늘어지는 것처럼 보이지만, 우선 그대로 초고를 완성하세요. 그다음 필요한 것들을 걸러내고 나면 핵심이 보일 거예요.

○ 글쓰기 습관을 위한 마음 다잡기 TIP
노래의 주요 특징은 요약과 상징! 노래에서 영감을 얻는 것은 좋지만 글쓰기는 노래와 다른 만큼, 노래의 이러한 특징을 유의해야 합니다. 요약과 상징은 초고를 완료한 후에 적용하는 것이 좋아요.

유튜브에서 영감을 얻는 방법

유튜브는 이제 우리와 떼려야 뗄 수 없는 존재가 되었습니다. 유튜브와 함께 보내는 시간이 많이 늘어난 요즘, 곳곳에서 우려의 목소리가 들려오고는 합니다. 아무래도 문맥을 하나하나 짚어야만 다음 장으로 넘어갈 수 있는 책과 달리, 가만히 보고 있으면 영상이 그저 흘러가기 때문일 겁니다. 그러한 이유로 아무런 생각 없이 유튜브 영상만 시청하면 사고력과 어휘력이 떨어진다는 걱정이 많지요. 다시 말해, 머리를 굴려서 창작 활동을 하려고 생각하지 못한다는 거지요. 흔히 대화

능력이 떨어질까 봐 어린아이에게 일정한 시간만큼만 TV를 보여주는 것과 마찬가지입니다.

이와 반대로, 유튜브를 통해서 창작 활동에 도움을 얻는 사람들도 있습니다. 유튜브 영상으로 유익한 정보를 얻는 것이죠. 저명한 학자들이 자신의 지식을 강연 형식을 빌려 알려주기도 하고, 다양한 볼거리로 역사적 정보를 제공하는 유튜버도 있습니다. 다큐멘터리도 유튜브에서 쉽게 접할 수 있습니다. 이 또한 활용하면 나름 고급 정보가 되지요. 특히 몇 년 전보다 바깥 활동이 어려워진 요즘에는 집 밖의 다양한 소식을 쉽게 전해 듣는다는 점에서 유튜브가 큰 도움이 될 수 있습니다.

유튜브 또한 책과 마찬가지로
접하는 방식에 따라 우리에게
미치는 영향력이 천차만별입니다.

아무리 독서 활동이 좋다고 하더라도, 책을 쭉 훑고 만다면 아무런 유익을 얻을 수 없습니다. 오히려 시간만 날리는 셈이 되지요. 따라서 유튜브도 나쁘다고만 볼 것이 아닙니다. 어떻게 활용하느냐에 따라 유튜브도 유용한 수단이 될 수 있어요. 어쩌면 책보다 편하게 접할지도 모르죠. 유튜브의 가장 큰 장점은 언제 어디서나 간편하게 정보를 얻을 수 있다는 점입니다. 도서관에서 책을 빌려 볼 때와 비교하면 확실히 접근성이 좋습니다. 자료조사는 당연히 책을 통해서만 이루어지지 않아요. 또한 우리는 어떠한 자료를 찾을 때 가장 먼저 인터넷에 그것을 검색해 봅니다. 책은 오히려 자료조사에서 마지막으로 찾는 수단일 가능성이 크지요. 즉 먼저 인터넷으로 최대한 알아보고, 그다음 부족한 정보를 찾아 도서관이나 서점으로 향하는 거죠.

스마트폰이나 PC에서 무언가를 검색했을 때 자연스레 유튜브 영상 시청으로 이어지는 경우가 많지요.

최근에는 다양한 정보가 글보다는 이미지 또는 영상 형식으로 인터넷에 많이 올라와 있는 편입니다. 특히 유튜브에 영상을 올리면 돈을 벌 수도 있으니, 많은 사람이 영상 형식을 빌려 정보를 공유하는 편입니다. 다만, 유튜브로 정보를 얻을 때 주의해야 할 점이 있습니다. 신문이나 책과 같은 출판물보다 특히 유튜브 영상은 대중의 주목을 가장 중요시합니다. 많은 사람이 유튜브 영상 첫 몇 분 동안 감흥이 없으면 시청을 그만두고, 흥미를 느끼지 못한 채로 오랜 시간 유튜브 영상을 보지 않습니다. 물론 흥미롭게 영상을 보더라도 일정한 시간이 지나면 지루함을 느끼기 마련입니다. 따라서 유튜브 영상의 주안점은 최대한 풍성한 정보를 알려주는 것이 아니라, 가능한 대중의 이목을 길게 붙잡는 것입니다. 어쩌면 엉뚱한 정보라도 사람들이 관심을 가질 만하면 영상에 포함할 수도 있어요. 물론 일부 유튜버에 해당하는 말이겠지만요. 따라서 우리는,

유튜브 영상으로 정보를 얻을 때
다른 방편으로도 그 정보에 관해
알아보는 것이 좋습니다.

물론 신문, 잡지, 서적 등 어느 것이든 추가 조사가
필요한 것은 마찬가지입니다. 그리고 유튜브 영상 속
정보는 주어진 시간 내에 효율적으로 담아낸 흥미로운
이야깃거리라는 점을 명심하세요. 즉, 중요한 정보임
에도 영상에 넣기에는 양이 넘치거나 사람들이 관심을
가질 것 같지 않다면 빠졌을 수 있다는 말입니다. 따라
서 우리는 유튜브에서 정보를 얻으면서도 그것에 대한
자세한 이야기를 다른 곳에서 찾아봐야 해요.

유튜브는 분명 유익한 도구입니다. 세상의 수많은
이야기를 한자리에 만나보는 것만큼 큰 매력을 가진
도구는 흔치 않지요. 다만, 이 도구를 잘 활용할 수 있
어야 합니다. 유튜브의 역사는 책의 역사에 비해 매우

3장 · 일상에서 찾는 재미있는 글감

짧습니다. 또한 유튜브는 인기와 흥미를 따지다 보니 딱히 인기는 없지만 우리가 반드시 알아야 할 몇몇 정보는 올라와 있지 않은 경우가 많습니다. 따라서 유튜브만 믿어서는 곤란해요.

유튜브보다 접하기 번거롭고 내용도 어렵고 읽는 시간도 오래 걸릴 수 있지만, 책만큼 다양한 정보를 폭넓게 소개하는 도구도 흔치 않습니다. 괜히 시간만 잡아먹는다고 생각할 수 있지만, 되도록 다양한 곳에서 정보를 찾아보세요. 여러분이 모은 자료를 더욱 풍성하게 만드는 비결일 테니 말이죠.

○ 글쓰기 습관을 위한 마음 다잡기 TIP

유튜브는 쉽고 편하게 정보를 얻을 수 있다는 점에서 매우 유익한 도구입니다. 다만 흥미 위주로 정보가 올라와 있으므로 추가적인 확인이 꼭 필요한 경우가 많지요. 신문이나 책 등 다양한 곳에서 정보를 확인하면 자료를 더욱 풍성하게 모을 수 있습니다.

○

비극적인 결말은
과연 좋은 결말일까?

한창 방영 중인 드라마가 끝을 향해 달려갈 때, 시청자 사이에서 와글와글 의견이 쏟아집니다. 결말을 두고 말이죠. 해피엔딩이냐 새드엔딩이냐, 그도 아니면 열린 결말이냐를 두고요. 각자 원하는 결말을 정해두고 갑론을박을 벌입니다.

몇 년 전 아주 잠시 새드엔딩이 주를 이루었던 적이 있었죠. 드라마나 영화에서 사건의 열쇠를 쥐고 있는 인물이 마지막 회에서 갑작스럽게 죽는 식으로 말이에요. 극적인 죽음과 동시에 사건을 풀 열쇠는 주인공의 손에 들어가고, 주인공은 원하던 결과를 얻습니다. 작가가 풀어헤쳐 놓은 일들을 짧은 분량 안에 마무리하고자 죽음이라는 방법을 이용한 셈이죠. 매듭을 풀려고 노력하지 않고 매듭을 대뜸 잘라버리니, 좀 아쉬움이 남습니다.

극의 전개에 따라 알맞은 결말이 만들어지듯,
여러분의 글 또한 그렇습니다.

다만 글의 성격에 맞는 마무리는 필요해요. 소설은 주인공이 어떤 계기로 행동하는 것으로부터 전개됩니다. 그런데 주인공이 초반과 다를 것 없는 상태로 소설이 끝난다면 이상하겠지요? 긍정적이든 부정적이든 주인공은 초반 설정과 달리 행동이나 사고에 변화가 필요해요. 즉 실패하더라도 그 실패에서 주인공은 변해야 합니다. 무언가를 잃는 것도 변화라고 할 수 있겠지요. 물질적이든 정신적이든 주인공의 변화는 필수입니다. 한편, 자기 생각을 논리 있게 펼치는 글에서 자신의 글을 갈무리하지 않는 것도 퍽 이상하겠지요? 환경문제에 대한 글에 그동안 모아놓은 자료만 늘어놓고 거기서 얻은 결론이 하나도 실려 있지 않다면, 독자들은 의아해할 거예요. 여기에 글에 근거까지 빈약하다면 상황은 더욱 심각해질 걸요. 이러한 점만 명심해도 여러분은 충분히 글을 잘 쓸 수 있습니다.

물론 글을 쓸 때 먼저 머릿속에 결론을 짓는 것이 좋습니다. 원하는 방향으로 글을 끌고 가려면, 도착점을 정해놓아야지요. 물론 이야기를 펼쳐 나가는 과정에서 그 결말로 끝맺기 어렵다고 판단되면, 방향을 바꿔도 좋습니다. 이 경우에는 웬만하면 글쓰기 초반에 방향을 바꿔야 해요. 중요한 점은 머릿속에 도착점을 정해야만 글이 이리저리 휘둘리지 않는다는 것이죠. 일기를 쓸 때를 떠올려 볼까요? 그날 내가 어떤 기분이 들었고, 또 어떤 상황이 펼쳐졌느냐에 따라 일기의 결론은 매번 달라집니다. 같은 일이라도 말이죠. 친구와의 약속을 종종 지키지 못한다고 가정해보겠습니다. 친구와의 약속을 지키지 못했는데 때마침 그날 비가 왔다면, 내심 다행이라고 여기고 일기에도 그렇게 적었을 거예요. 친구 또한 약속을 미루기를 잘했다고 연락할 수도 있고요. 하지만 비가 오지 않았다면, 약속을 지키지 못한 것에 계속 아쉬워하며 일기에도 그 감정을 담지 않았을까요?

중요한 점은
중간 과정을 잘 살피는 것입니다.

'모로 가나 기어가나 서울 남대문만 가면 그만이다'라는 속담이 있습니다. 수단이나 방법이 어찌 되었든 간에 목적을 이루면 된다는 의미인데요. 글쎄요. 글에서는 통하지 않는 속담입니다. 얼렁뚱땅 결말을 내버린 드라마를 보고 시청자가 화를 내듯 말이죠. 서울 남대문에는 가되, 천천히 가면서 주변을 잘 살피면 어떨지요? 글쓰기 과정만 차근차근 밟아가도 문제없이 글을 완성할 수 있습니다.

결말만 살피다 보면 놓치는 게 많아집니다. 우선은, 결말을 멀찍이 두고 지금 써야 할 것들에 집중해보세요. 이야기의 나뭇가지를 뻗어보고 그에 따른 보충 설명과 근거를 마련해 보는 겁니다. "우선 어떻게든 이야기를 이어보고, 나중에 다시 글을 찬찬히 읽어보면 고칠 점이 눈에 띌 거야" 이런 생각만 믿는 건 도박과 다름없어요. 하늘에서 사건을 해결해 줄 열쇠가 뚝 떨어지듯 오히려 개연성이 떨어져서 고치는 데 시간이 더 들어갈 뿐이지요. 앞서 초고를 완벽하게 마무리할 필요는 없고 뭔가를 쓰려는 자세가 중요하다고 말했지만, 그것이 어떻게든 이야기를 이어가려는 것과 같을 수는 없어요. 결말에 집착하지 않는 것도 중요하지만,

방향 없이 이야기를 흩뿌려놓는 것도 좋은 방법이 아닙니다. 결말 근처까지는 자신이 원하는 방향으로 이야기를 끌고 가야 합니다. 한 부분에서 막혀 도저히 진도가 나가지 않을 때는 잠시 다른 부분에 대한 글을 쓰는 것도 방법이지만, 처음부터 나중을 믿지 마세요.

다른 부분을 쓴 다음에는 다시 원래 쓰던 곳으로 돌아와야 합니다. 늘 지금을 생각하세요. 지금 생각나는 것들을 모두 적어보고, 거기서 다시 정리에 들어가야 합니다. 과정이 허술하면 결말은 뭉그러질 뿐입니다. 근사하게 생각해놓은 결말이 아쉬운 평가를 받으며 묻히고 마는 것이죠.

결말이 중요할수록,
전개에 더욱 힘써야 합니다.

어쩌면 그러한 과정에서 더욱 멋진 결말이 머릿속

에 톡 튀어나올 수 있습니다. 여러분은 그제야 좋은 생각이란, 가만히 있을 때가 아닌 무언가를 하고 있을 때 나오는 것이라고 깨닫게 되겠지요. 부디 그러하기를 바랍니다. 이러한 과정을 거치면 주인공이 얼렁뚱땅 사건을 해결하는, 이상한 그림이 만들어지지는 않을 거예요. 열심히 뛰어다녔는데 마지막 회에서 사건이 저절로 해결되는 광경을 봐야 했던 주인공도 마음이 착잡하지 않았을까요?

○ 글쓰기 습관을 위한 마음 다잡기 TIP

해피엔딩, 새드엔딩보다 중요한 것은 내 글에 알맞은 결말! 글을 쓰기 전에 결말을 생각해두고 그에 맞춰 이야기를 전개해야만 엉뚱한 결말로 이어지지 않습니다. 단, 결말만 염두에 두지 말고 중간 과정을 잘 살펴야 해요.

나쁜 글도 읽어봐야 해요

여러분의 시선을 사로잡는 글은 당연히 좋은 글일 겁니다. 상을 받았거나 추천도서로 선정되었거나 입소문을 타며 인기를 끄는 작품이죠. 물론 이러한 글을 읽는 것은 글 쓰는 데 큰 도움이 됩니다. "이 작가처럼 글을 쓰고 싶다"라는 동기부여만큼 글쓰기에 있어 큰 영향력을 발휘하는 것도 없을 거예요. 필사 또한 좋은 책과 함께했을 때 문장력을 기르는 데 큰 도움을 줍니다.

좋은 글은 여러분의 머릿속에 어떠한 기준으로 정

해져 있을 것입니다. 그 기준에 맞는다면 좋은 글, 아니면 나쁜 글이겠지요. 각자에게 좋은 책이란 '지루하지 않고 재미있는 글'일 수도 있고, '세상의 놀라운 지식을 전해주는 글' 또는 '힘든 하루를 보낸 나를 어루만져주는 글'일 수도 있습니다. 나쁜 글 또한 마찬가지로 기준이 있을 겁니다. 돌이켜보면, 여러분은 인상이 찌푸려지는 글을 적어도 한 번씩은 만나본 적이 있을 겁니다. 책이라면 읽다가 바로 덮어버렸을 테고, SNS의 글이라면 바로 뒤로 돌아나갔을 테지요.

여러분에게 나쁜 글이란 무엇인가요?

제가 하고픈 말은 나쁜 글도 읽어봐야 한다는 것입니다. 굳이 나쁜 글에서 배울 만한 점을 찾으려 하기 보다는 "이렇게 글을 쓰지 않도록 조심해야겠네" 정도의 깨달음을 얻는 것으로 충분합니다. 시간 낭비할 필요 없이 넘기는 것도 방법일 수 있습니다. 그렇지만,

즉, 글을 평가할 때 제목이나 카피 또는 첫 문단만
보고 판단하지 않도록 유의해야 해요. 책이든 글이든
전체를 봐야만 그 진가를 알 수 있습니다. 어느 시대든
마찬가지겠지만, 자극적인 말로 사람들을 현혹하는 요
즘 세상에 더욱 필요한 자세가 아닐까 싶습니다. 몇 줄
의 글에 속지 않고 평가하는 요령이 늘다 보면 글쓰기
실력도 함께 자라날 것입니다. 어쩌면 누군가에게는
나쁜 글이지만, 정작 나에게는 "이 정도면 충분하지 않
나" 싶을 수도 있을 거예요. 글쓰기에 관심을 두고 이
런저런 책들을 찾아 읽다 보면 여러분만의 기준이 생
길 것입니다.

중요한 것은 나쁘지 않은 글도 무의식중에 '나쁜
글'의 범주에 집어넣지 않았는지 돌이켜봐야 한다는

사실입니다. 자신의 관심사와 거리가 멀거나 겉보기에 어렵게 느껴지거나, 아니면 딱딱해 보인다는 이유로 말입니다. 서점이나 도서관에서 흥미가 생겨 들춰봤다가, 이건 별로이다 싶어서 바로 내려놓은 책들이죠. 그 책을 내려놓은 이유는 무엇이었나요? 즐겨 읽는 분야의 책들만 골라 읽으며 책을 편식하는 습관이 든 것이라면, 읽지 않은 책들은 나쁜 책이 아닐 수도 있겠군요. 하기야 아직 펼쳐보지도 않았으니, 나쁜 책이라고 평가할 수도 없겠네요. 그런데 왜 나쁜 책을 만난 것처럼 피하고 있나요?

엉뚱한 글이나 책을,
'나쁜 글' 또는 '나쁜 책'이라는 책장으로
집어넣어 버린 건 아닌지
가끔 자신을 돌아보기 바랍니다.

반대의 경우도 존재합니다. 영 별로인데, 사람들이

좋다고 하여 '좋은 글'이라는 자리를 차지하고 있는 경우죠. 이러한 문제를 해결하는 방법은 단 하나, '독서'입니다. 다양한 글과 책을 읽으며, 여러분만의 방식으로 머릿속 책장을 채워보세요. 어렵다는 건 그만큼 얻을 지식이 많다는 의미일 수도 있고, 딱딱해 보인다는 건 진지한 어투로 쓰인 글을 읽어보며 문장력을 키우는 계기가 될 수도 있습니다. 관심사와 거리가 먼 책이라면, 이번 기회에 관심사를 넓혀볼 계기를 마련할 수도 있겠네요.

여러분의 책장이 풍요로워질수록, 여러분이 써내는 글 또한 다양한 목소리를 담아낼 거예요. 풍성한 독서만큼 여러분의 글쓰기에 바로 도움을 줄 수 있는 것은 없습니다. 물론 단순한 읽기에서 그치지 않고, 그에 대해 기록하고 평가하는 과정을 거치면 금상첨화겠지요. 다음에는 시선을 사로잡은 '그 책'을 한번 읽어보면 어떨까요?

겉보기에는 나쁜 책처럼 보이더라도, 그것을 읽어 보며 평가하는 과정은 앞으로의 글쓰기나 독서 활동에 큰 도움이 됩니다. 또한 자신과 맞지 않는다는 이유로 멀리한 책이라면 관심사를 넓히는 계기로 삼는 것은 어떨까요?

꾸준한 글쓰기를 위한
몇 가지 팁

○

주제:
글쓰기 훈련을 위한 출발점

글쓰기에 앞서서 맨 처음 맞닥뜨리는 것이 바로 '주제'입니다. 일상과 관련한 친숙한 것부터 낯선 미지의 세계까지, 모든 것이 글쓰기 주제가 될 수 있습니다. 주제로 분야를 나누어볼까요? 일상이 주제라면 자전적 소설이나 에세이를 들 수 있겠고, 미지의 세계를 주제로 한다면 판타지나 SF소설을 들 수 있겠네요. 우리가 자주 마주하는 영화, 드라마, 웹소설 등은 다소 생소하지만 흥미로운 이야깃거리를 써보라고 초보 작가를 유혹하는 듯합니다. 눈앞에 매력적인 세계가 펼쳐지면,

누구나 그 세계로 퐁당 빠져들고 싶어지죠. "나도 이렇게 멋있는 세계를 구상하고 싶어" 하고 말이에요. 실제로 그런 마음으로 글쓰기를 시작하는 사람도 꽤 있습니다.

글쓰기 훈련이 제대로 되어 있지 않은 상태에서, 무작정 낯선 세계로의 여행은 자제하는 게 좋습니다. 금방 연료가 동이 나고, 어딘가에서 멈춰 설 수밖에 없기 때문이죠. 멈춰 서는 이유에는 몇 가지가 있습니다만, 먼저 글을 잇는 것이 버거워진다는 걸 들고 싶습니다. 글을 쓰다 보면 어느 순간 막히기 마련인데, 미지의 것에 대한 충분한 자료조사가 이루어졌다고 해도 그걸 구현하는 데는 나름의 글솜씨가 필요한 법입니다.

우리는 이러한 광경을 자주 목격했습니다. 독창적인 세계관을 펼쳐놓았어도 해리 포터나《반지의 제왕》의 프로도처럼 이야기를 끌고 나가는 주인공이 없다면 아무런 소용이 없습니다. 주인공의 동선에 발 맞춰서 주변 인물과 사건도 흘러가야 해요. 이렇게 이야기를 확장해나가는 것은 결코 쉽지 않아요. 다시 말해, 글쓰기 훈련이 필요하다는 의미입니다. 그렇지 않고 아이디어만 잔뜩 모아두었다가 이야기 풀어내기를 감당하지 못해 좌절하는 초보 작가가 많습니다.

그다음으로 멈춰 서는 이유를 들자면, 자신과 남을 비교하는 자세입니다. 그럴싸해 보이는 분야에 도전장을 내밀었을 때, 자신이 조금이라도 뒤처진다고 생각하면 조바심이 나기 마련이지요. 매일 이런저런 작품들이 속속 올라오는 것을 보고, 자신의 글쓰기 속도는 아랑곳없이 그 작품을 쓰는 작가와 자신을 비교합니다. 빨리 많이 쓰지도 못하고, 제대로 완성하지도 못한다고 자책하면서 말입니다. 어쩌면 나는 매일 조금씩 나아가는 사람일 수 있는데 말이죠. 그렇게 자신을 믿지 못하고 옥죄는데 글을 잘 쓰는 건 어렵겠죠? 빨리

빨리 글을 쓰는 작가는 그 작가만의 방법을 터득해 글을 쓰는 것일 뿐입니다. 우리는 우리만의 글쓰기 방법을 터득해 조금씩 나아가는 중이고요. 비교는 금물입니다.

주제는 자신의 글쓰기 취향과 속도를 파악할 수 있고, 글쓰기 훈련도 돕는 훌륭한 도구입니다. 그럴듯한 주제를 고민하지 말고, 우선 일상에서 주제를 찾아보세요. 일기나 에세이를 써보는 거예요! "매일 똑같은 일이 벌어지니, 딱히 쓸 것도 없네" 하고 고민할 수도 있겠습니다만, 많은 사람이 매일 특별한 경험을 하는 건 아닐 겁니다. 그럼에도 쓸 만한 것이 없다면 여러분이 앞으로 쓰고 싶은 것들을 에세이로 소개하는 것도 가능하지 않을까요? 여러분이 매일매일 영감을 얻는 것도 여러분의 일상인 셈이니까요. 에세이를 시작으로 슬슬 글쓰기를 위해 몸을 푸는 겁니다. 영화를 보거나 책을 읽고 리뷰를 쓰는 것도 좋습니다. 특히 리뷰는 일상과 미지의 세계의 중간쯤 존재한다고 볼 수 있습니다. 다양한 주제의 이야깃거리를 알아가고 그것을 체득하는, 가장 자연스러운 방법입니다. 평소 관심을 두는 분야에 대한 한두 장 정도의 정보성 글도 좋아요. 중요한 점은 무엇을 쓰든 나 자신과 주변을 관찰하고, 그것을 글로 풀어내는 과정을 꾸준히 익혀야 한다는 것입니다.

주제는 구체적일수록 좋습니다. '봄꽃'에 대해 쓴다고 하면, '봄에 피는 재래종 꽃과 외래종 꽃'부터 '개화 시기에 따라 구분한 우리나라 봄꽃' 등 조금 더 구체적으로 생각해 보는 겁니다. 평소 즐겨 읽거나 보는 매체를 떠올리면 쉽게 헤아릴 수 있을 거예요. 역사를 소재로 했다고 해도, 시대·국가·소재·인물별로 천차만별이니까요. 임진왜란을 예로 들어볼까요? 어떤 드라마, 영화, 소설이 떠오르나요? 떠오르는 인물에 따라 주제는 달라질 테고, 그 인물을 어떻게 바라보느냐에 따라 주제는 더욱 명확한 특징을 갖게 될 겁니다.

　만약 장차 소설을 쓰고 싶다면, 일상의 글쓰기를 소설처럼 구성하는 방법도 있습니다. 제삼의 인물이 되어 나의 이야기를 누군가에게 전하듯 쓸 수도 있을 테고, 내가 누군가에게 나의 이야기를 들려주듯 쓸 수도 있는 겁니다. 편지글 형식으로 시작되는 작품들을 몇 번 읽어 봤을 거예요. 주제와 형식이 처음에 글을 쓰기로 마음먹었을 때와 달라진다고 해서 당황하거나 실망할 필요는 없습니다. 나중에 본격적으로 소설을 쓰기 시작할 때 어찌할 줄 몰라 당황하는 것보다는 분명 나을 테니까요. 살다 보면 소설 외의 글을 쓸 일이 많으며, 돌아가더라도 조금씩 천천히 나아가는 것도 좋은 방법입니다.

결과적으로 우리는
'내가 잘 쓸 수 있는 글'이 무엇인지
찾아야 합니다.

어떠한 주제와 소재가 나에게 착 달라붙는지 알아
내야 해요. 내가 잘 쓸 수 있는 글이라면 우선 취향이
맞아야 할 테고, 그다음으로는 흥미를 느낄 수 있어야
할 겁니다. 그 분야를 깊이 공부하여, 글을 풍성하게 만
들고픈 욕심이 저절로 들 수 있을 만큼 말이에요. 글쓰
기 훈련은 나를 돌아보는 데도 큰 도움을 줍니다. 내가
어떠한 감정으로 일상을 마주하는지, 나의 글쓰기 속
도는 어떠한지, 내가 무엇을 끈질기게 파고드는지 알
게 되는 것이죠. 그에 맞춰 나만의 글쓰기 방식을 정립
하는 과정은 다른 글쓰기 책에서 알려주는 여러 방법
보다 나에게 훨씬 잘 맞을 겁니다.

물론 나에게 맞는 글이 뚝딱 생겨나지도 않고, 아무
리 글을 써도 떠오르지 않을지도 몰라요. 하지만 써놓
은 글들은 언젠가 나에게 큰 보탬이 될 겁니다. 자신의
글에서 또 다른 영감을 얻을 수도 있고, 당장 어딘가에
글을 써 보내야 할 때 요긴하게 쓰이기도 하거든요. 중

요한 점은 글쓰기 실력을 갖추었을 때야말로 내가 쓰고 싶은 걸 제대로 써볼 힘이 생긴다는 겁니다. 엉덩이를 의자에 붙이고 앉아 오래도록 써보는 힘이 샘솟는 것이죠.

> ○ 글쓰기 습관을 위한 마음 다잡기 TIP
>
> 초보 작가일수록 낯선 주제보다는 일상에서 주제를 찾는 것이 도움이 됩니다. 일상에서 얻은 주제는 생활하면서 끊임없이 영감을 주지요. 이를 통해 꾸준한 글쓰기를 실천하고, 앞으로 내가 무엇을 쓰고 싶은지 찾아가면 됩니다.

분량:
가능성을 파악해 볼 시험대

대개 우리가 쓰는 글에는 분량이 이미 정해진 경우가 많습니다. 'A4 3장 이내' '200자 원고지 40매 이내' 이런 식으로 말이죠. 또는 글자 수로 계산할 때도 있습니다. '몇만 자'라고 적힌 분량 요건을 보고 초보 작가는 겁먹기 십상입니다. 그런데 쓰다 보면 몇만 자는 훌쩍 넘길 때가 많습니다. 준비된 작가에게 분량은 하나의 글쓰기 요소에 지나지 않습니다.

분량은 꽤 중요합니다. 물론 정해진 분량에 미치지

못하거나 반대로 넘칠 경우, 자격에 맞지 않아 곤란해지므로, 중요한 건 사실입니다. 하지만 다른 시각으로 보면, 분량은 일정한 틀 안에 자신의 글을 깔끔하게 담아내는 글쓰기 훈련의 하나입니다. 토론회나 청문회를 보면, 사람들이 제한 시간 내에 자신의 주장을 일목요연하게 펼치잖아요. 이 시간을 넘어가면 청중은 그 사람의 이야기에 딱히 귀 기울이지 않습니다. 대단한 의견이라도 오히려 길게 늘어진다고 생각하지요. 글쓰기도 마찬가지입니다.

아무리 하고 싶은 말이 많더라도
정해진 분량 안에 담기 어렵다면,
과감히 다시 써야 합니다.

그렇지 않으면 공들여 쓴 이야기가 한낱 지루한 하소연에 지나고 마니까요. 소설이든 에세이든 분야마다 어느 정도 분량이 정해져 있습니다. 소설의 경우에는 단편·중편·장편이냐에 따라 분량이 달라집니다. 드라마 극본의 경우에는 '미드폼'이라는, 단막극보다 적은 웹드라마용 분량도 생겨났습니다. 분량은 그것을 읽거나 보는 사람들에게 '이만큼은 읽을 만하다' 하고 인정받았다는 의미이기도 합니다. 거기서 줄어들거나 늘어나면 사람들은 아쉬워하거나 지루해할 수도 있거든요. 따라서 사람들에게 익숙한 분량에 맞춰 자신의 글을 채워나가는 연습을 먼저 해보는 것이 좋아요. 이후에 자신의 글에 맞는 분량을 찾아낼 수도 있고요. 똑같은 그릇에 특별한 음식을 담는다고 생각하면 어떨까요? 학교나 사회에서 주어지는 과제들은 자연스레 그러한 연습이 이루어지도록 도와줄 겁니다.

분량 채우기에 앞서서 준비해야 할 것은 '무엇을 쓸지 잔뜩 메모하기'입니다. 노트를 펼치거나 스마트폰 메모 앱을 켜고 내가 쓰려는 글에 대해서 잔뜩 메모해보세요! 이러한 과정은 글의 종류에 따라 상당한 시간이 걸리기도 합니다. 저명한 작가들이 평소 메모를 자주 하는 이유가, 바로 이 과정을 염두에 두었기 때문일 겁니다. 내가 지금 쓰려는 글과 큰 상관이 없더라도 평소에 적어둔 메모가 도움을 줄 때가 종종 있습니다. 아니면, 메모 대신 그동안 내가 써놓은 다른 글들을 다시 한번 읽어보는 것도 좋아요. 중요한 것은 내가 쓰려는 글에서 풀어낼 내용보다 훨씬 많은 것들을 메모해두고, 때에 따라 자료조사도 해야 한다는 점입니다.

준비해둔 것이 많을수록
분량에 대처할 수 있습니다.

이는 적은 분량에도 해당하는 부분입니다. 분량에 따라 글을 구성하다 보면, 내가 쓰려고 마음먹은 것 중에 글 안에 넣기에는 어정쩡해 보이는 것들이 튀어나옵니다. "아, 이걸 넣으면 가뜩이나 분량도 적은데 글이 넘칠 것 같아. 그럼, 다른 걸로 채워야 할 텐데"하고 말이죠. 특히 양이 적을수록 무엇을 쓸지 잘 선택해야 하는 만큼, 여러 가지 선택지를 두고 고민하는 것이 훨씬 낫습니다. 또한 준비한 자료가 넉넉할수록 이야기가 꼬리에 꼬리를 물고 이어질 수 있습니다. 환경에 관한 이야기를 쓴다고 친다면, 우리가 쉽게 쓰고 버리는 일회용품이 어떠한 과정을 거쳐 환경오염을 일으키는지를 사례나 근거를 들어 이야기할수록 내용은 더욱 풍성해지고, 독자들은 이야기에 더욱 귀를 기울일 것입니다. 적어도 '일회용품은 환경 오염을 일으켜요'라고 툭 던지는 것보다는 말이죠.

자, 이제 어느 정도 글감을 모았다 싶으면 분량을 더 작은 단계로 쪼개서 각 부분에 적을 것들을 분류해야 합니다(다음에 소개할 '구성' 부분과도 겹치는 내용입니다). 단계는 다름 아닌 '서론-본론-결론(도입-중간-결말)'처럼 글의 전개에 따라 나누는 것을 의미합니다. 이외에도 글이 어느 분야에 속하냐에 따라서 '기승

전결''도입부-상승부-절정부-대단원''발단-전개-위기-절정-결말' 등으로 나눌 수 있고, 요새 새로운 글쓰기 공식으로 주목받는 프렙^{PREP} 글쓰기에 따라 '주장-이유-사례-재주장'으로도 구분할 수 있습니다. 분량 자체가 적다면 셋 정도, 즉 '서론-본론-결론'으로 큼지막하게 쪼개는 걸 추천합니다. 물론 여러분이 어떤 내용을 담을 것이냐에 따라 스스로 판단할 수 있어야 합니다.

분량을 쪼갤 때는 각 단계의 분량도 다시 계산해야 합니다. 보통은 서론을 짧게 구성하고, 중간에 본격적으로 이야기를 풀어낸 다음, 결론 또한 서론과 마찬가지로 짧게 마무리합니다. 따라서 비율을 무조건 똑같이 나누지 말고, '20%, 60%, 20%' 이런 식으로 나누고, 거기에 맞게 쓸 것들도 구분해야 합니다. 예를 들어, 도입 부분을 간결하게 구성하여 빠른 속도로 전개해야 한다면, 도입이 짧아지는 대신 나머지 부분을 넉넉히 구성해야 분량을 맞출 수 있습니다.

○ 글쓰기 습관을 위한 마음 다잡기 TIP

분량은 일정한 틀에 나의 글을 담아내는 훌륭한 글쓰기 도구입니다. 즉, 분량에 맞춘 글쓰기를 글쓰기 훈련으로 생각하고 글 안에 적을 것들을 골라내야 해요. 이때 '서론-본론-결론' 등 글의 단계에 따라 분량을 세분하면 좋습니다.

구성:
글을 체계적으로 만드는 손쉬운 방법

글의 분량을 정하고, 각 단계에 따라 분량을 다시 나누었나요? 그렇다면 이제 글을 구성해 볼 시간입니다. 구성은 쉽게 말해, 내가 쓰려는 것이 서론·본론·결론 중 어디에 속하는지 나누고, 순서나 중요도에 따라 잘 정리해보는 것입니다. 여러분은 글감을 모으면서 어떤 내용이 글의 어느 단계에 등장하면 효과적일지 짐작하고 있을 겁니다. 바로 그것을 한눈에 보기 쉽도록 깔끔하게 정리한다고 보면 됩니다.

먼저, 생각해놓은 것들을 목록 형식으로 늘어놓고 등장 순서에 따라 번호를 매겨보세요. 그다음 각각의 것을 단계별로 다시 분류합니다. 이렇게 정리하다 보면, 어느 단계에 쓸 것이 넘치고 또 모자라는지 한눈에 들어올 거예요. 물론 본론 부분은 서론과 결론보다는 더 많은 내용이 들어가야겠지요? 이후 덜어내야 할 부분과 보충할 부분을 고민하여 어느 정도 알맞게 채웠다 싶으면 본격적인 글쓰기에 돌입하면 됩니다. 앞서 이야기했듯, 이때

> 각 단계에 실제로 실릴 것보다
> 목록을 더 많이 작성하면 좋아요.

서론에서 대여섯 가지 이야기를 꺼낸다고 하면, 이보다는 한두 가지 더 적어 놓는 것이죠. 글을 쓰다 보면 몇 개는 영 어울리지 않아서 빠질 수 있기 때문이에요. 또한 얼른 글을 쓰고 싶더라도 첫 부분, 즉 서론이나 도

입 부분을 어느 정도 채울 만큼 글감이 모였을 때 글쓰기를 시작하는 것이 좋습니다. 서론을 막힘없이 써 내려갔을 때, 이를 원동력 삼아 나머지 부분도 자신 있게 채울 수 있답니다. 이후 퇴고를 거칠 것이므로 완벽할 필요는 없지만, 서론을 채우지 않으면 본론을 쓰다 말고 자꾸 서론으로 되돌아갈 가능성이 큽니다.

첫 단계, 즉 도입은 가장 중요한 단계라고 할 수 있습니다. 많은 독자가 첫 단계를 읽고 나머지 부분을 읽을지 말지 결정하니까요. 중심 내용이 첫머리에 등장하는 두괄식頭括式으로 진행할지, 중심 내용이 끝부분에 오는 미괄식尾括式으로 진행할지가 관건이라 할 수 있어요. 이는 여러분이 쓰려는 글이 어떠한 성격을 띠느냐에 따라 달라집니다. 다만 도입이 중요한 만큼, 흡입력이 떨어진다 싶으면 중간이나 결말 부분에서 알맞은 것을 하나 골라 도입 자리로 옮기는 것이 좋습니다. 이렇듯 단계별로 쓸 것을 나눠놓았다고 해도 글을 작성하면서 충분히 조율할 수 있어요.

  그다음 단계, 즉 도입 이후 결말 이전까지를 일컫는 중간 단계에서는 본격적인 이야기가 펼쳐집니다. 만약 긴 글을 쓴다면, 중간 부분에서 독자가 지루해하지 않도록 적어놓은 목록의 순서를 바꿔가며 이리저리 조합해 보면 좋습니다. 설명이 늘어져서 독자가 흥미를 잃을 것 같다면 의문을 제기하는 식으로 환기하는 거죠. 하지만 흥미 위주로 고민하다가 글에 등장하는 시간대가 뒤죽박죽된다든지, 설명을 제대로 끝맺지 않고 다른 내용으로 넘어가지 않도록 주의하세요. 흥미를 불러올 아이디어가 떠오르지 않는다면 여러분이 생각한 대로 진행하는 것이 가장 좋은 방법일 수 있어요.

  한편 소설이나 드라마, 영화 같은 경우에는 독자의 시선을 사로잡는 구체적인 방식이 널리 쓰이고 있습니다. 바로 장애물인데요. 도입 단계에서 주인공과 배경,

주변 인물 등에 관해 어느 정도 설명했다 싶으면, 중간 단계에서 주인공을 가로막는 장애물과 그를 극복하는 과정이 연이어 나타납니다. 신데렐라가 무도회에 참석할 수 없어 절망하자 요정이 나타나 마술 지팡이를 휘두르고, 마지못해 자정 전에 무도회장을 떠나는 순간 유리구두 한쪽을 떨어뜨려 왕자와 인연이 다시 닿는 것처럼요. 이러한 장르들은 도저히 해결할 수 없을 듯한 커다란 장애물을 마주하면서 절정으로 치닫고 이후 결말로 이어집니다. 이때 '장애물-극복 과정'을 어떻게 배치하느냐에 따라 글의 구성이 달라집니다.

이렇듯 글을 구성하는 과정은 지루하기 짝이 없습니다. 얼른 첫 문장이라도 쓰고 싶은데, 자꾸 발목을 잡고 괜히 시간을 낭비하는 것 같죠. 하지만 글을 쓰다 막히는 순간을 마주하는 것보다는 위험 부담이 적습니다. 호기롭게 도전장을 내밀었다가 도저히 이야기가 이어지지 않는 순간 포기하는 경우가 많거든요. 따라서 대강이라도 스케치를 그려놓는 것이 좋아요.

본격적으로 글을 쓰다 보면,
메모할 때는 보이지 않던
부족한 점들이 눈에 띄기도 합니다.

그것을 사전에 막고자 자료조사에 많은 시간을 쓰는 예도 있습니다만, 이 과정에서 피로감을 느끼고 글쓰는 걸 포기하는 사람도 꽤 있어요. 그럴 바에는 도입 부분을 어느 정도 채우겠다 싶으면 바로 한 문장이라도 쓰는 것이 좋을 수 있지요. 다만, 불현듯 아이디어가 떠올랐다고 해서 발단을 쓰다가 절정으로 건너뛰어서는 안 됩니다. 집중이 흐트러질 수 있거든요. 절정에 쓸 만한 것이 떠올랐다면, 그건 우선 다른 노트에 적어두고 발단에 집중해야 합니다. 첫 단추를 잘 채워야 다음 단추도 잘 채울 수 있으니까요.

이러한 훈련을 통해 분량을 어떻게 채울지 계획을 세우고, 원하는 것을 모두 담을 수 없다는 걸 받아들이고, 어떠한 내용을 글에 담아야 더욱 효과적일지 선택할 수 있어야 합니다. 계획을 세우고 글을 쓸 때 유의해야 할 점이 하나 더 있어요. 상황에 따라 계획이 틀어질 수도 있다는 것입니다. 다시 말해, A4 1장 분량을 도입으로 하려고 했는데, 아무리 써도 A4 1장을 넘어가거나 그에 못 미치는 겁니다. 그럴 수 있어요. 그럴 때는 계획을 수정해서 중간 부분의 양을 살짝 줄이거나 늘리면 됩니다. 계획이 살짝 틀어지더라도 우선 써보는 게 중요해요. 초고가 완벽할 수는 없습니다. 어차피 다시 글을 만지고 고치는 과정에서 계획은 얼마든지 바뀔 수 있어요. 우리는 앞서 계획이 틀어질 수도 있다는 사실을 짚고 넘어갔습니다. 이를 명심하면서 또 하나 알아두어야 할 사실이 있습니다. 바로 글쓰기란,

흩어져 있는 아이디어를
하나의 계획에 따라 체계적으로
정리하는 과정을 연습하는 것입니다.

한번 글쓰기를 시작하고 자신의 글을 매만지는 단계에 이르면, 자연스레 글의 구조를 익힐 수 있습니다. 여기에는 그동안 읽어온 글들이 큰 도움이 됩니다. 여러분이 쓰고 싶은 분야의 책들을 꾸준히 읽어보세요. 그것이 구조의 개념을 일일이 외우는 것보다 더욱 유익하고 빠르게 배우는 과정이라 믿습니다.

○ 글쓰기 습관을 위한 마음 다잡기 TIP

글의 각 단계에 무엇을 적으며 좋을지 고민하는 과정을 통해 글을 체계적으로 구성하는 방법을 자연스레 익힐 수 있어요. 가능하면 첫 단계를 채울 만큼의 아이디어가 모였을 때, 글쓰기에 돌입하는 것이 좋습니다.

일정:
글쓰기 계획표를 만드는 방법

첫 문장 쓰는 것도 버거운 초보 작가에게는 조금씩 써 보는 과정이 매우 중요합니다. 한번 리듬을 놓치면 다시 글쓰기 모드에 돌아가기가 절대 쉽지 않기 때문이에요. 숙제로 내어지는 글에는 일정이 당연히 따라옵니다. 그 일정에 맞추어야 하는 명분이 생기는 것이죠.

작가라는 꿈을 이루기 위해
홀로 써 내려가는 글에는
일정을 만들기가 어렵습니다.

SNS에 일정을 정해놓고 그 일정에 따라 글을 올리는 사람도 있습니다만, 장편소설과 같이 분량이 많은 글의 경우에는 일정이란 언제든 바뀌기 마련입니다. 아무리 꿈을 향해 나아간다고 힘을 쥐어짜도 머릿속에서 문장이 더는 떠오르지 않으면 쉽게 무너지고 마는 것이 작가 지망생의 애환이지요. 여러분이 지친 나머지 스스로 꿈을 내려놓더라도 주변은 아무 일도 없듯 고요하기만 합니다. 결국 홀로 걸어가는 길인 만큼, 수많은 고민과 싸워야 합니다.

버지니아 울프처럼 정해진 일정에 맞추어 글을 쓴 작가도 있지만, 요한 볼프강 괴테[8]처럼 글이 써지지 않을 때는 잠시 쉬어가는 작가도 있습니다. 작가들의 글쓰기 습관을 모아놓은 책들을 보면, 이름난 작가들이 모두 같은 자세로 집필에 임하지는 않았다는 걸 알 수 있어요. 글쓰기에 정답은 없는 셈입니다. 저 또한 글쓰기 계획에 대해 왈가왈부하기는 조금 두렵지만, 여기서는 작가 지망생에 도움이 될 만한 제 생각을 풀어볼 게요.

첫째, 정해진 시간에 무조건 글을 쓸 필요는 없어요. 만약 하루에 2시간 정도를 글쓰기에 할애하더라도, 그 시간을 모두 글쓰기에 몰두하지 않아도 됩니다. 어떻게든 글을 쓰려고 고집하다 보면, 오히려 그 시간에 아무것도 쓰지 못한 자신이 못나 보여서 자책할 수도 있습니다. 어느 날은 번뜩 아이디어가 떠오르지만, 또 어떤 날은 단 한 줄도 완성하지 못하는 게 글쓰기입니다. 변덕스럽죠. 또한 2시간 동안 가만히 앉아 머리를 싸맨다고 해서 아이디어가 떠오른다는 보장도 없습니다. 물론 무언가를 써보기 위해 노력은 해야 하지만요. 글쓰기는 모니터의 하얀 화면에서만 이루어지지 않습니다. 2시간 동안 책도 훑어보고 기사도 읽고, 정 안 되겠다 싶으면 슬쩍 유튜브도 보세요. 그러다가 뭔가 아이디어가 떠올랐다면 그것을 문장 형식으로 되도록 자세히 써보는 거예요.

둘째, 휴식을 취하되 돌아올 날을 정하세요. 글이 써지지 않아 며칠 쉬어가기로 했다고 해 볼까요. 그렇다면 대략 언제쯤 다시 글을 써야겠다고 계획을 세우고, 웬만하면 그날에 글쓰기를 재개해야 합니다. 아니면 그동안 책을 읽는 등 아이디어를 모으는 준비 과정을 거치는 것으로 스스로 결정을 내리든지요. 물론 책을 읽으면서도 그에 대한 기록을 틈틈이 남겨야 합니다. 그래야 글쓰기를 쉬는 데 아쉬움이 없으니까요. 한 번 게으름을 부리면 리듬을 놓쳐서 책상 앞에 오랫동안 앉아 있는 습관부터 다시 들여야 합니다. 나중에 돌이켜보면, 사라진 시간이 무척 아쉬울 거예요.

셋째, 마지막 문장은 남겨두세요. 만약 여러분이 순조롭게 글을 쓰고 있고, 다음 문장을 쓰면 오늘 생각해 놓은 쓸거리를 모두 풀어낸다고 해볼까요. 이럴 때는 그 문장을 다음 날로 미뤄두세요. 다음 날에 아이디어가 오늘처럼 톡톡 튀어나올 보장이 없으니까요. 하루 쉬고 나서 다시 생각이 이어질 때가 있잖아요. 그럴 때 전날 아껴둔 문장으로 글을 쓰기 시작하면 물꼬가 트이듯 아이디어가 다시 떠오릅니다. 만약 아이디어가 다시 떠오르지 않더라도, 남겨놓은 문장으로 전날 무엇을 썼는지, 또 이어서 무엇을 쓰려고 했는지 되새겨볼 수 있어요. 마지막 문장을 다음 날 기억하지 못할 것 같다면 메모장 등에 따로 적어두세요. 아이디어를 그날 모두 털어내는 것보다, 아이디어가 꾸준히 이어지도록 습관을 들이는 것이 더욱 중요합니다.

넷째, 웬만하면 하나의 글에 집중하세요. 소설을 쓴다고 해볼까요. 로맨스 소설을 쓰고 있는데, 우주를 배경으로 하는 SF 소설 아이디어가 떠오른 겁니다. 그럴 때는 어떻게 해야 할까요. 일정을 쪼개서 하루는 로맨스 소설, 하루는 SF 소설을 쓰는 게 좋을까요? 개인적인 의견으로는, 우선 쓰고 있는 로맨스 소설에 집중하는 것을 추천합니다. SF 소설에 대한 아이디어는 노트에 따로 모으고, 아직 글쓰기에 서툴다면 지금 본격적으로 쓰고 있는 글에 몰입하는 게 좋습니다. 그래야 집중력이 흐트러지지 않을뿐더러, 하나의 글을 완성하는 데 얼마큼의 시간이 걸리는지 가늠해 볼 수 있거든요.

다섯째, 공모전을 활용해 보세요. 공모전 사이트 등을 통해 자신에 맞는 공모전을 찾아서 마감일을 기준으로 일정을 짜보는 거예요. 이를 위해 먼저 공모전에 제출할 분량을 마감 안에 써낼 수 있을지 고민해 봐야 합니다. 단편소설을 겨우 끝내는 사람이라면, 장편소설은 버겁겠지요. 또한 단편 기준으로 마감일까지 적어도 1~2개월이 남은 공모전을 선택하는 것이 좋습니다. 에세이 등 짧은 분량의 글이라도 가능하면 마감일이 넉넉한 공모전을 추천합니다. 마감일에 맞춰 하루에 얼마큼의 분량을 쓸지 계획을 세워보세요. 만약 마감일까지 30일의 시간이 남았다면, 20일에 맞춰 계획을 세워야 합니다. 중간에 다른 일이 생기거나, 아이디어가 떠오르지 않아 쉬어갈 수도 있고, 최종 검토 전에 원고와 잠시 거리를 두는 시간도 필요하니까요. 공모전에 제출하지 못하거나 어정쩡한 상태로 마무리해도 괜찮습니다. 실패하더라도 자신에게 맞는 글쓰기 계획이 무엇인지 깨닫는 과정이 더욱 중요합니다. 예를 들면, "나는 시간이 많이 필요한 유형이구나" 하면서 다음번에는 일정을 넉넉히 둘 수 있죠.

중요한 점은 부담을 느끼지 않고 여유를 둘 수 있는 선에서 자신만의 일정을 만들어가는 것입니다. 무리하게 일정을 당기면, 오히려 적은 시간 내에 완벽한 글을 써내야 한다는 압박감에 시달립니다. 또한 누군가의 계획을 자신에게 함부로 적용하지 마세요. 글을 쓰다 보면 자연스레 여러분의 일정이 정해질 것입니다. 자신의 리듬을 따라가세요.

○

장소:
나만의 글쓰기 공간 구축하기

초보 작가에게 있어 '글쓰기 장소'는 나름 중요한 의미를 지니고 있습니다. 편안한 분위기에서 충분한 능력을 펼칠 수 있기 때문이지요. 누군가 옆에서 자신을 지켜본다면, 당최 아무것도 쓰지 못합니다. 또한 작가가 앉아서 글을 쓸 공간뿐 아니라, 글이 적힐 장소도 무척 중요합니다. 이 경우에는 엄연히 '장소'라고 말하기엔 애매할 수 있겠지만요.

만약 노트에 글을 쓰기 시작했는데, 자신이 쓴 글

을 누군가 들춰 볼 위험이 있다면 어떨까요? 특히 가족이나 친구처럼 가까운 사람이 말이죠. 분명 글쓰기 전에, 혹시 창피를 당하지 않을지부터 신경 쓰기 시작할 겁니다. 글을 쓰다가도 자꾸 멈칫하면서요. 꾸준히 쓰면서 글쓰기 실력을 키워야 할 초보 작가에게 큰 걸림돌이 아닐 수 없습니다. 따라서 노트가 아닌 다른 것을 '글이 적힐 장소'로 정해야 합니다. 흥미로운 주제를 생각해 놓고도 주저하거나 글이 머릿속에서 어느 정도 구체화되기 전까지 아무것도 쓰지 못한다면, 이러한 것들을 의식할 가능성이 있습니다. 즉, 완성하기도 전에 남들의 평가부터 염두에 두는 것이죠.

여러 사람의 조언과 평가가
글쓰기 실력을 키우는 데 도움을 줄 수 있지만,
그것에 얽매여서는 앞으로 나아갈 수 없습니다.

아직 자신의 글을 보여줄 용기를 내지 못했는데 누

군가 먼저 글을 읽어버렸다면 그보다 더 무서운 상황은 없을 겁니다. 그러다 "다시 써야겠네" 하고 냉정한 평가라도 받는다면, "그래, 나는 이것밖에 안 되는 거야"라고 자책의 수렁에 빠질지도 모릅니다. 초보 작가에게는 실력 쌓기도 중요하지만, 마음의 상처를 줄이는 요령도 필요합니다. 앞서 2장에서 이야기한, 글을 보여줄 적절한 시점도 여기서 기인한 것입니다. 생각보다 글쓰기는 여건과 시간이 부족해서가 아니라, 좌절과 상처로 내려놓는 경우가 많습니다. 노련한 작가라면 그동안 쌓아온 글쓰기 체력으로 금방 일어설 수 있지만, 초보 작가는 그러기가 힘듭니다. 따라서 스스로 마음먹기 전에 얼떨결에 누군가 자신의 글을 읽어볼 불상사가 일어나지 않도록 미리 막아야 합니다.

글쓰기 장소를 찾기에 앞서, 먼저 여러분이 가장 편안하게 보내는 시간을 찾아보세요. 아침에 지하철이나 버스에서 보내는 시간도 좋고, 일과 중 자투리 쉬는 시간도 좋습니다. 저녁을 먹고 가족과 함께 TV를 보는 시간을 활용해도 좋습니다. 그 시간에 여러분이 머무는 곳이 바로 알맞은 글쓰기 장소일 것입니다. 정 아니면 휴일에 카페를 찾는 방법도 있겠지요. 핵심은 '누구의 방해 없이 온전히 글쓰기에 몰입할 수 있는 시간의 장소'이어야 한다는 점입니다. 만약 내 방이 가장 편하지만 가족이 지나가다 힐끔댈까 걱정된다면, 가족이 각자의 방에서 휴식을 취할 때를 글쓰기 시간으로 정해야겠지요.

'글이 머무를 장소'도 이에 따라 정하면 됩니다. 스마트폰 메모가 가장 안전할 수 있지만, 누군가 굳이 꺼내서 읽어볼 것 같지 않다면 노트에 적는 방법도 좋습니다. 연필이나 펜으로 쓱쓱 적으면서 아이디어를 얻을 때도 많거든요. 다만 노트는 조금 넉넉한 크기의 것을 고르세요. 글감을 넓히다 보면 한 장에 가능한 많은 아이디어를 모으는 것이 효율적이기 때문이에요. 워드

프로세서에 암호를 걸어 놓고 글을 작성한다면, 꼭 암호를 어딘가에 메모하는 것도 잊지 마세요. 의외로 금세 까먹기 쉽답니다. 까먹는 순간 글쓰기에 대한 의지가 바닥나고 말 거예요.

여기서 제가 말하고자 하는 것은 '여유로운 마음이 자신감을 불러온다'라는 점입니다. 사실 여러분이 쓰려는 것이 누군가 읽고 인상을 찌푸릴 만한 글은 아닐 겁니다. 다만, 아직 서툰 글쓰기 실력을 들킬까 두려울 뿐인 거죠. 이러한 마음으로는 제 실력을 발휘하지 못한 채 자신감이 떨어지고 스트레스만 잔뜩 떠안을 뿐입니다. 어쩌면 장소는 부차적일 수 있습니다. 어느 장소에서든 멋진 글을 쓸 사람도 있을 테죠.

핵심은 '왜 나는 글을 쓰지 못할까?'
자책하는 것이 아니라, 다른 방법을 찾아
막힌 글쓰기에 물꼬를 터야 한다는 점입니다.

누구의 방해 없이 온전히 글쓰기에 몰입할 수 있는 방법을 찾아보세요. 글 쓰는 시간대와 장소도 중요하지만, 글을 담아낼 공간도 잘 살펴봐야 합니다. 누군가 나의 글을 볼까 봐 두려워하지 말고 여유로운 마음을 가질 때 꾸준한 글쓰기가 가능합니다.

○

결과:
마음을 다잡는 방법

최선을 다해 초고를 다 썼다고 해볼까요? 마지막으로 한번 더 훑어본 다음, 저장 버튼을 눌렀습니다. 자, 어떤 마음이 드나요? 후련한가요, 아쉬운가요? 초고 완성에 대한 사람들의 반응은 다양합니다. 제가 만난 작가들을 예로 들자면, 못내 걱정하며 편집자인 저에게 여러 번 확인해 달라고 부탁하는 사람이 있었습니다. 반대로 "내가 충분히 확인했으니 이대로 책을 내면 될 거예요!"라고 호언장담하는 사람도 있었죠. 오랜 집필에 지쳐 마음을 내려놓은 작가들은 아무런 미련 없이 원고만 툭 보내기도 했습니다.

  여러분은 어느 작가에 속하는지요. 자신의 글이 만족스러운 사람도 있을 테고, 반면 결과물이 마음에 들지 않아 한없이 위축되는 사람도 있을 겁니다. 아니면 정성을 많이 들인 나머지, 원고를 다시 살펴볼 힘이 없어 바로 공모전 등에 제출하는 때도 있을 테고요. 이처럼 사람들의 반응은 제각각이지만,

가장 명심해야 할 점은
'다시 그 글을 살펴야 한다'는 것입니다.

  자신의 글이 완벽하다고 여겨지더라도, 심지어 꼴보기 싫더라도 말이죠. 다시 제가 만난 작가들을 이야기하자면, 결국에는 어떤 식으로든 원고를 고치는 단계를 거쳤습니다. 수정 사항이 얼마큼 되든 간에 원고는 검토 과정을 거치면서 아쉬운 점이 드러나기 마련

입니다. 자신만만한 작가에게는 원고가 모두 못나서 고친다는 게 아님을 알려주었죠. 즉 편집자의 눈으로 볼 때 독자로서 아쉽다고 여겨질 만한 것들을 일러주며 수정 작업에 들어갔습니다. 자책하는 작가에게는 원고의 장점을 어떻게든 끄집어내서 용기를 북돋웠고요. 가장 대하기 어려운 작가는 아무런 미련이 없는 유형이었습니다. 이러한 작가들은 예상보다 출판 과정에 오랜 시간이 걸리고 복잡한 절차를 거쳐야 한다는 사실에 지쳐 있었습니다. 이만하면 책이 나오겠지 싶었는데, 편집자는 이만저만해서 원고를 보완해 달라고 요청하는 겁니다. 편집자가 까다로운가 싶다가도 원고에 주르륵 담긴 편집자의 의견을 보면, 수긍이 가면서 자신감이 뚝 떨어지고 말죠.

자신감이 전혀 없는 채로 원고를 고쳐 쓰다 보면, 그나마 남아 있던 글에 대한 애정도 사라지고 맙니다. 기계처럼 편집자가 고쳐 달라는 부분들을 뚝딱 해결할

4장 · 꾸준한 글쓰기를 위한 몇 가지 팁

뿐이죠. 이러한 작가 중에는 원고의 일부분에 관해 물어봐도 금시초문이라는 반응이 돌아오는 때도 있습니다. 그 작가의 기억력이 부족해서가 아닙니다. 자신감이 사라지면서 일어난 후폭풍이죠.

여러분도 혹시 이러한 작가와 같은 마음인 적이 있지 않나요? 초고를 열심히 쓰고 용기를 내서 누군가에게 보여주었지만 시큰둥한 반응이 돌아왔을 때 말입니다. 혹은 누구에게 보여주지 않았지만, 며칠 후에 초고를 다시 읽어보고 스스로 실망했을 때도 그렇지요. 유명 작가보다 잘 쓰지 못한다는 속상함에 자신을 초라하게 여기는 것입니다. 원하는 결과를 얻지 못하고, 실패를 경험한 사람 중에 "다시는 글을 쓰지 않을 거야" 하고 낙담하는 사람도 있을 겁니다. 아무리 이 모든 것이 작가의 양분이 된다고 해도 실망감과 좌절감은 분명 따라올 수밖에 없습니다.

저 또한 겪은 바 있지만, 초보 작가에게 실패는 정말 견디기 버겁습니다. 사실 공모전에 떨어졌다고 해서, 누군가 시큰둥한 반응을 보인다고 해서 실패라고 단정할 수는 없습니다. 다시 고치고 다듬으면서 충분히 초고를 더 좋은 원고로 탈바꿈할 수 있으니까요. 무엇보다, 한 편의 글을 완성했다는 성취감은 그 어떤 것보다 값집니다. 하지만 스스로 "이 글은 실패했어"라고 여기는 데는 그만한 이유가 있겠지요. 그것은 작가 스스로 판단하는 것이기에 제가 어떤 것들이 실패라는 식으로 단정할 수는 없습니다.

개인적인 의견으로, 초보 작가 또는 작가 지망생의 경우 실패를 마주했을 때 어떻게 극복하느냐가 가장 중요하다고 생각합니다. 저는 꾸준히 글을 쓰다가도 몇몇 장벽 앞에서 무너지는 작가들을 여럿 보았습니다. '같은 글을 여러 번 보는 게 버겁다' '아무래도 초고를 처음부터 다시 써야겠다' '사람들이 이러한 주제를 좋아하지 않는 것 같다' 등 사연은 각양각색이었습니다. 그 작가들은 나아질 가능성이 충분했습니다. 원고도 더 좋아질 수 있었고요. 하지만 결국 달리기를 멈춘 작가들을 설득할 수는 없었습니다. 스스로 일어서지 않는다면 아무것도 해내지 못하니까요.

어쩌면 써 놓은 초고를 포기하고,
처음부터 다시 써야 할지도 모릅니다.
하지만 이를 실패라고 할 수는 없습니다.

초고를 쓰면서 우리는 글쓰기 습관을 길렀고, 글 한 편을 완성했다는 보람도 얻었습니다. 또한 써놓은 글은 어떻게든 여러분에게 도움을 줄 것입니다. 초고에서 다시 영감을 얻을 수 있고, 글쓰기 실력을 갖추고 그 글을 다시 다듬어서 좋은 작품으로 만들 수도 있어요. 그러니 그 글이 엉망진창인 것처럼 보여도, 절대 지우지 말고 잘 간직하기를 바랍니다. 훗날 "내가 이렇게 글을 썼었구나"하면서 웃을 날도 있을 테니까요.

　또한 글쓰기를 멈춘 것도 실패라고 단정하기 어렵습니다. 앞에서도 이야기했지만, 도저히 글이 써지지 않는다면 휴식도 좋은 방법이니까요. 휴식을 취하고 충분히 숨을 고른 다음, 써 놓은 글을 다시 열어보는 것, 이 행동에는 꽤 큰 용기가 필요합니다. 잠시 서성이더라도 나중에 돌이켜보았을 때 꾸준히 글을 쓰고 있는 것이야말로 초보 작가에게는 가장 매력적인 장점입니다.

<blockquote>
작가를 가장 단단하게 만드는 요소는
'시간'입니다.
</blockquote>

　오랜 시간을 거치며 단련해야만 훗날 좋은 작가가 될 수 있지요. 시간은 폭넓은 시야를 제공하여 자신의 글을 쓰고 읽고 검토하고 퇴고하는 능력을 전반적으

로 키워줍니다. 마음이 급할수록 글쓰기에 대한 시야는 좁아질 뿐이죠. 여러분이 좋아하는 작가 중에는 힘든 시간을 거친 사람들이 많을 겁니다. 훌륭한 작가들의 작품은 오랜 시간과 노력이 만든 결과물입니다. 시든 산문이든 극본이든, 단번에 완성할 수 없어요. 수많은 수정을 거쳐야 하지요. 그 시간을 어떻게 견뎌낼지 마음먹기에 따라 작가로서의 가능성이 달라집니다. 실망하더라도, 자책하더라도 하루에 조금씩 나아가세요. 그것만으로도 여러분은 이미 좋은 작가가 되는 방향으로 성큼 걸어가고 있는 거예요.

○ 글쓰기 습관을 위한 마음 다잡기 TIP

초고 완성 이후에 스스로 읽어보거나 사람들에게 선보이면서 초보 작가는 자책감과 실망감에 사로잡힐 수 있습니다. 그러나 이를 실패로 여기고 멈춰 서지 말아야 해요! 글쓰기 실력을 갖추고 좋은 작품을 써내는 데는 꽤 오랜 시간이 걸릴 수 있음을 잊지 마세요.

시행착오를 거친
글쓰기 선배의 고백

저는 전문 작가가 아닌 편집자로서, 어쩌면 독자분들이 크게 궁금해할 만한 사람이 아닐 수도 있습니다. 대단하고 그럴싸한 사람은 아니니까요. 하지만 작가 곁에 머무르는 직업으로 살아가면서 겪고 느낀 점을, 이 책을 통해 전하고자 하였습니다. 어떻게 하면 초보 작가 또는 작가 지망생이 포기하지 않고 글을 잘 쓸 수 있는지를 말이지요.

꾸준한 글쓰기는 나 자신을 어떻게 다독이며

한 편의 글을 완성해 본 사람이라면, 누가 묻지 않아도 자신만의 글쓰기 습관을 다지면서 앞으로 나아갑니다. 물론 초반에는 여러 글쓰기 책과 작가의 조언이 큰 도움을 줍니다. 하지만 조언만 듣고 그걸 실천에 옮기지 않는다면 아무것도 해내지 못하겠지요? 결국에는 꾸준히 글을 쓰는 것이 가장 중요합니다.

하지만 그렇지 못한 사람도 있습니다. 글쓰기 습관을 세우지 못해 아직 글 한 편도 제대로 완성해 보지 못했거나 누군가의 혹평으로 잔뜩 주눅 든 사람이죠. 이러한 사람들은 아무리 주변에서 조언과 칭찬을 해줘도 한 발짝도 움직이지 못합니다. 저도 그러한 사람이었던 터라, 마음을 다잡기 전까지는 대단한 글쓰기 책도 머릿속에 들어오지 않았습니다. 이때는 '잘 쓰는 방법' 보다는 '꾸준히 쓰는 습관'이 필요했던 것 같아요. 조금

느리더라도 언젠가는 초고를 완성할 수 있다는 믿음으로 쌓아 올린 습관 말입니다. 이 책은 이러한 제 경험을 바탕으로 한, 조금은 일반적이지 않은 글쓰기 동기부여 책입니다.

글쓰기는 '나'로부터 시작합니다.
시작하는 것도 끝맺는 것도
모두 나 자신의 결정에 따릅니다.

물론 그 사이에 누군가 도움을 줄 수도 있지만요. 하지만 결국 작가는 '나 자신'입니다. 누구도 대신할 수 없죠. 글 쓰는 게 때로는 지치고 버겁더라도, 또 누군가 흰소리를 해서 마음이 흔들리더라도, 자신만의 방식으로 꾸준한 글쓰기를 실천하기를 바랍니다. 힘 빠지는 소리를 하는 사람이 곁에 있다면, 잠시 그 사람과 거리를 두세요. 다른 사람의 말이 아닌 자기 내면의 목소리를 믿어야 해요.

닫는 글

글쓰기는 꽤 지루한 일입니다. 내 생각보다 많은 시간을 들였을 때 그제야 글쓰기 습관이 잡히고, 비로소 글쓰기의 재미를 얻을 수 있지요. 제가 만난 몇몇 작가 중에는 "이렇게 시간이 오래 걸릴 줄 몰랐어요"라고 말하는 사람도 있었습니다. 물론 원고를 책으로 펴낼 때는 원고 집필 외에도 여러 절차를 거치게 됩니다. 하지만 그 절차를 제외하더라도 한 편의 글을 써내는 데는 꽤 많은 시간과 노력이 필요합니다. 그 때문에 금방 글이 완성될 줄 알았던 초보 작가들이 지레 겁먹는 경우가 있답니다. 그중에는 몇 번 더 고치면 좋은 글이 나올 수 있을 것 같은데 몸과 마음이 지친 나머지 퇴고를 멈추는 작가도 있습니다. 참 아쉬운 부분이지요. 그렇게 작가들의 모습을 옆에서 지켜보면서 글쓰기는 다름 아닌 '마음'에 달렸다는 제 믿음은 확고해졌어요.

이 책이 부디 작가라는 목적지를 향한 거대한 모험을 떠나는 여러분에게 작게나마 도움이 되기를 바랍니다. 이 책과 함께 여러 글쓰기 책 그리고 여러분이 쓰려는 분야의 책들을 함께 읽는다면 큰 도움이 될 것입니다. 또한 가능하면 다양한 책을 접하기를 바랍니다. 그래야만 더 넓은 시야로 세상을 바라볼 수 있을 테니까요. 누군가에게 선보이는 글은 어쨌든 세상 일부분을 담기 마련입니다. 편협한 시선은 분명 여러분의 글에도 한계를 만들 거예요.

글쓰기가 마음에 달린 만큼 여러분은 스스로를 잘 다룰 수 있어야 합니다. 도저히 글 한 편을 마무리 짓지 못한다면, 그보다 짧은 글을 써서 성취감을 느끼는 쪽으로 계획을 바꾸세요. 또한 좋은 아이디어가 떠오르지 않아 매일 밤 머리를 싸맨다면, 일상의 작은 것들로 이야기를 시작해야 합니다. 본격적으로 글을 쓰는 것이 두렵다면, 일기부터 차근차근 써서 자신감을 가득 채우는 것이 좋습니다. 《이상한 나라의 앨리스》에 이런 대사가 있습니다.

"넌 틀림없이 도착하게 되어 있어. 계속 걷다 보면 어디든 닿게 되거든."

"난 아무것도 될 수 없을 거야" 하고 주저앉는다면, 정말 아무 일도 일어나지 않아요. 글을 써야만 여러분이 자신의 가치를 알아볼 수 있습니다. 이는 오랜 시간 글을 쓰면서 나만의 글쓰기 습관을 세웠을 때 가능합니다. 한두 편의 글을 쓰고 낙담하지 마세요. 계속 나아가세요. 그렇다면 언젠가 여러분이 소망하는 미래 어딘가에 닿게 될 것입니다. 좋은 작가를 향한, 여러분의 마라톤을 응원하겠습니다.

독서가 서툰 사람을 위한
나만의 책 찾기 로드맵

오랜만에 책을 읽거나 독서 습관이 형성되지 않았다면 책을 고르고 읽는 것 자체가 무척 힘들어집니다. 부록에서는 이러한 사람들을 위해 나만의 책을 찾는 방법을 소개합니다. 나에게 알맞은 책을 찾아 독서 습관을 기르면 점차 다른 책에 눈길이 갈 것입니다.

나만의 책을 만나기란 그리 쉽지 않아요. 책을 고르기까지 꽤 많은 시간이 걸릴 수 있고, 여러모로 살폈는데도 실패할 수도 있습니다. 나에게 딱 맞는 옷이나 화

장품을 찾아내기 무척 힘든 것처럼요. 그러니 포기하지 말고 천천히 시작해 보기를 바랍니다.

　책을 고를 때는 다음과 같은 목적이 있어야 합니다.

① 성취감 : 술술 읽어나가면서 보람을 느끼기 위하여
② 필요성 : 나에게 필요한 지식이나 재미를 얻기 위하여
③ 호기심 : 궁금한 것들을 책으로 알아가기 위하여

1. 오랜만에 책을 읽는다면

• 적은 분량의 글로 성취감 얻기 : 독서 습관이 끊어진 상태에서 두꺼운 책을 읽으면 성취감을 얻기 힘듭니다. 또한 도중에 책을 내려놓으면 실패감까지 들 수 있으니, 이전에 자신이 읽던 것보다 적은 분량의 책으로 발판을 다지는 것이 좋습니다.

- 소설, 동화 등 문학으로 몰입감 높이기 : 문학은 독창적인 세계로 독자를 끌어당기기 위해 다양한 방법을 모색합니다. 다른 분야보다 몰입감을 높이는 데 탁월하다고 생각합니다. 이를 통해 책에 집중하는 습관이 생기면 다른 책도 잘 읽을 수 있습니다.

- 에세이로 쉽게 읽기 : 생활과 밀접한 에세이는 친숙한 이야깃거리가 담긴 만큼 술술 읽어나갈 수 있습니다. 다른 사람의 삶을 엿보는 재미도 쏠쏠합니다. 또한 평범한 일상을 색다르게 전하기 위해 독특하고 인상적인 표현을 많이 사용합니다. 다른 분야에 비해 톡톡 튀는 문장이 많은 셈이지요.

- 교양책은 간단한 안내서나 청소년 도서 : 사회, 과학 등의 도서는 다른 분야보다 어려운 용어가 많이 등장합니다. 또한 분량도 만만치 않은데요. 필요한 부분만 축약한 책이나 청소년 대상 도서로 독서 습관

을 기르는 것이 좋습니다. 사회, 과학을 주제로 쉽게 풀어가는 에세이도 있으니 참고하세요.

2. 독서의 영역을 확장하고 싶다면

웹소설과 웹툰을 예로 들어 독서의 영역을 확장하는 방법을 소개합니다. 방법, 배경, 다양화를 키워드로 자신이 좋아하는 것에서 다른 방향으로 조금씩 나아갈 수 있습니다. 각각의 키워드는 독서의 영역을 어디로 확장하고 싶은지에 따라 나뉩니다.

방법은 해당 분야에 직업을 두고픈 사람, 배경은 해당 분야의 뒷이야기에 관심이 있는 사람, 다양화는 해당 분야 너머 다른 세계를 만나고 싶은 사람을 위한 키워드입니다.

① 웹소설

　방법 : 웹소설 쓰기나 소설 쓰기에 대한 책

　배경 : 웹소설의 배경과 관련한 교양책

　다양화 : SF소설, 장르소설

② 웹툰

　방법 : 웹툰(또는 만화)의 작법, 스케치에 관한 책

　배경 : 웹툰의 배경과 관련한 교양책

　다양화 : 그래픽노블, 만화 형태로 구성된 교양책

3. 독서 시간이 짧거나 불규칙적이라면

• 짧은 구성이 반복되는 책이 좋다 : '오랜만에 책을 읽
　는다면' 부분과 마찬가지로, 독서 습관을 쉽게 기르
　는 쪽으로 책을 고르는 것이 좋아요. 여기에 백과 형
　식의 책을 추천합니다. 커다란 주제의 항목들이 백

과사전처럼 줄줄이 등장하는 책을 말합니다. 목차가 잘게 나뉘어서 한 목차당 2~3쪽밖에 안 되는 교양 책도 좋지요. 이러한 책들은 한 목차를 읽고 책을 며칠 접더라도 다음에 읽었을 때 흐름이 크게 끊기지 않습니다. 다른 책과 번갈아가며 읽기에도 좋지요.

• 완독보다는 독서에 중점을 둘 것: 독서 시간을 꾸준히 내기 힘들 때는 완독, 즉 책을 다 읽는 것에 부담을 갖지 않도록 주의해야 해요. 괜한 부담을 가졌다가 "에이, 이러다가 또 읽다 말겠지" 하고 책에 영영 손이 가지 않거든요. 도저히 읽어내기 힘들다면 과감히 넘기고 다른 부분부터 읽거나, 아예 읽던 책을 내려놓고 다른 책을 먼저 읽어도 좋습니다. 읽던 책과 다른 책을 함께 읽어도 별문제가 없어요. 책이 여러분 주위에 항상 머무는 데에 초점을 맞춰야 합니다.

쉬운 책으로 독서를 시작하는 것이 바람직하지만, 계속 눈길이 가는 어려운 책이 있다면 어떨까요? 읽고 싶은 책이 어려운 경우는 크게 2가지입니다.

먼저 문장이 길거나 복잡하다고 느껴질 때입니다. 웹소설 등을 읽다가 다른 문학으로 넘어갈 때 몇몇 사람이 겪는 현상이기도 하지요. 몇 글자로 딱딱 끊어지던 문장을 읽다가 길게 늘어진 문장을 보면 아무리 쉬운 글이라도 어렵게 느낄 수밖에 없을 거예요.

그다음은 책의 주제가 어려운 경우입니다. 사회문제나 과학적 발견을 뉴스로 접하고 이를 독서로 자세히 알아보려 할 때 종종 일어나는 일이죠. 간단히 소개하고 넘어간 뉴스와 달리 본격적으로 파고들면 무척 어렵기 마련입니다.

① 문장이 길고 복잡하게 느껴진다면

- 머릿속에서 문장을 어절이나 어구 등으로 쪼개가
  며 읽는 연습을 시작할 것
- 소리 내어 읽거나 노트에 옮겨 적어보는 등 다양
  한 방법을 활용할 것
- 완독에 목표를 두지 말고, 매일 목표 독서량을 줄
  여서 읽을 것
- (소설의 경우) 소설가의 에세이나 단편집을 먼저
  읽어서 문체에 친숙해질 것

② 책의 주제가 너무 어렵다면

- 뉴스와 기사 등 관련 자료를 충분히 읽어서 이해
  력을 높일 것
- '오랜만에 책을 읽는다면'의 교양책 관련 설명을
  참고하여 쉬운 책부터 접근할 것
- 개념을 요약하는 책을 읽었다면 궁금한 점을 따
  로 메모해두었다가, 더욱 자세한 책을 고를 때 참

고할 것

앞의 주의사항을 요약하고 몇 가지 덧붙이면 다음과 같습니다.

① 적은 분량에서 서서히 분량을 늘려나간다!
② 청소년 대상 도서 등 쉽게 읽는 책으로 시작한다!
③ 책은 한두 장이라도 꼭 읽어보고 산다(목차를 살핀 후에 한두 장 정도 술술 읽히는지 확인합니다)!
④ 완독이 어렵다면 매일 조금씩 읽거나 다른 책과 번갈아가며 읽는다!
⑤ 모르는 부분은 틈틈이 메모하여 다음 독서의 발판으로 삼는다!
⑥ 독후감을 쓰거나 인상 깊은 글귀를 따로 적어둔다!
⑦ 자신에게 맞는 책을 찾기 힘들다면 도서관을 적극적으로 활용한다(몇 권씩 추천을 받아 빌려 읽어보면서 취향을 찾아갈 수 있습니다)!

여러분의 독서 그리고 궁극적으로 포기하지 않고 끊임없이 써 내려갈 글쓰기를 응원합니다!

1 버지니아 울프(1882~1941)는 영국 런던에서 태어난 20세기를 대표하는 모더니즘 작가입니다. 평생 정신 질환을 앓으면서도 다양한 소설 기법을 실험하여 현대문학에 이바지했어요. 한편 평화주의자이자 페미니스트로도 잘 알려져 있습니다. 대표작으로는 에세이 《자기만의 방》과 속편 《3기니》, 소설 《댈러웨이 부인》 《올랜도》 등이 있습니다.

2 마거릿 미첼(1900~1949)은 《바람과 함께 사라지다》라는 역사 소설로 유명한 미국의 소설가입니다. 이 작품은 퓰리처 상은 물론 영화화되어 아카데미 작품상을 비롯한 8개 상을 받았어요.

3 루이자 메이 올콧(1832~1888)은 미국의 소설가로, 대표작은 《작은 아씨들》입니다. 56세의 나이로 세상을 떠날 때까지 생애 대부분을 보스턴과 콩코드에서 살았어요. 그는 가난한 가정 형편 탓에 배우라는 꿈과 결혼을 단념하고, 일찍이 가계를 책임져야만 했어요. 탈고까지 6주가 채 걸리지

않은《작은 아씨들》은 올컷에게 큰 성공을 가져왔고, 그 외 30여 편의 소설을 썼답니다.

4 루이스 캐럴(1832~1898)은 영국의 동화작가이자 수학자이며, 대표작은《이상한 나라의 앨리스》입니다. 이 작품은 순종과 도덕을 가르치는 기존 동화와는 달리 신기하고 허무맹랑한 캐릭터들이 함께 모험을 하는 파격적인 동화입니다. 1865년 출판되자마자 베스트셀러가 되었고, 세계에서 가장 유명한 동화 중 하나가 되었어요. 그 기발한 상상력 때문에 '환상문학'의 효시로 불립니다.

5 프랭크 허버트(1920~1986)는 미국의 과학소설 작가입니다. 평단과 독자를 모두 사로잡은 그의 대표작《듄》을 비롯해 여러 시리즈 소설로 잘 알려진 소설가입니다.

6 미야자키 하야오(1941~) 일본을 대표하는 세계적인 애니메이션 감독이자, 애니메이터입니다. 〈센과 치히로의 행방불명〉〈하울의 움직이는 성〉〈이웃집 토토로〉 등 이름만 들어도 알 만한 수많은 작품을 남겼습니다.

7 J. R. R. 톨킨(1892~1973)은 영국의 영어학 교수이며 언어 학자이자 작가로, 《반지의 제왕》 3부작이라고 하면 어지간한 사람은 다 알 정도로 어마어마한 영향력을 끼쳤어요. 《반지의 제왕》은 이에 대한 사전이 따로 출간되는 등 대중적 인기는 물론이고, 학문적 가치를 인정받는 판타지 문학의 고전입니다.

8 요한 볼프강 폰 괴테(1749~1832)는 독일의 시인, 극작가, 정치가, 과학자입니다. 《젊은 베르테르의 슬픔》 《파우스트》 등으로 독일 문학의 최고봉으로 일컬어지고 있습니다.